AMARANTA

CARE SANTOS

AMARANTA

fanbooks

Fanbooks

Primera edició: juny del 2015

www.fanbooks.cat

Fotocomposició: Ormobook
Impressió: Limpergraf
Dipòsit legal: B. 11.530-2015
ISBN: 978-84-16297-37-5

En l'origen de totes les grans fortunes
hi ha alguna cosa que fa tremolar.

LOUIS BOURDALOUE

Enumera en veu baixa
les coses importants
que tens al món:
una persona. Una cosa.
Un paisatge. Un lloc.
Un record. Un desig.
Només allò que importa
de debò:
el que mai no canviaries
per res ni per ningú.
El que no vendries
ni per tots els diners.
Allò d'irrenunciable
que ens reserva la vida.
El que més estimes.

Recorda:
és poc i és subtil
el que és important de debò.

Recorda:
el deute encara està pendent
i he vingut a cobrar-lo.

Recorda:
si poses un preu al més important
el preu acabes essent tu.

I

BOMBOLLA

Olga

ÚLTIM COP A LA 1.47

Holaholaholahola
Que dorms, marmota? ☺
Hola?
Ei, ei, eiiiiii
Holaaaaaaaa!
Que hi ha algú?
Despertaaaa
Avui és un dia important
No penses felicitar-me?
Ja sóc major d'edat!
A quina hora penses venir?
Podríem dinar juntes
Què me'n dius?
Pots?
No em diguis que no
Ep, ets aquí?
Vaaaaaaaaa, tu
Desperta't d'una vegada.
Què fas, dormint?
Ja et veig! Per fi!
Estàs en línia!
Contestaaaaaa!

Vddb
Vosssdas

Com?

Viensdss

Olga, nena
Parles algun idioma nou?

Coi! Bon dia!

Ah, hola! Però si ets tu!

Prrrralssss

Traducció, sisplau

Per molts anys!!!
No et passis, que estic adormida
Saps quina hora és?

És clar.
Hora de llevar-se

A les 7:42?
Un dia de finals de juny?
Ni boja!
Estic de vacances!
Deixa'm dormir

Ni t'ho pensis!
Encara no m'has contestat
A quina hora penses venir?

No ho sé
No m'ho he rumiat

Vine ara mateix!

Calma, vols?
És molt aviat
A aquestes hores no penso bé

D'acord. Vine quan vulguis
Però no triguis

I tu?
Què fas desperta?

No res
Encara sóc al llit

Penso. Escolto

Què escoltes?
Què penses?

El jardiner treballant al jardí
El silenci
M'agradaria estar-me aquí dins
Tot el dia
I tota la nit
Fora del món
És com ser dins d'una bombolla
Sota els llençols
Sense veure ningú
Sense que ningú no em vegi

Estàs molt malament, Mara
Una bombolla?
Ho dius de debò?
Però si avui és el teu gran dia!
No et mors de ganes
de sortir d'aquí?

La veritat?
No gens
però no ho diguis a ningú
La meva mare està com boja
És com si la festa fos seva
Tota l'estona donant ordres
Organitzant-ho tot
Sense deixar-se ni un detall
Ara vol que vagi a la perruqueria

Quina enveja que em fas!
M'encanta la perruqueria!

Jo l'odio.

Ets molt estranya, nena

Hi aniria per tu amb molt de gust

I jo voldria que ho fessis
També amb molt de gust

I el teu pare què hi diu?

Fa cara d'estar molt orgullós
I encara no sé de què
I em penso que en du
alguna de grossa de cap
Ho sé perquè es fa el misteriós

Deu ser el teu regal

Potser sí

T'imagines què et pensa regalar?

No en tinc ni idea

Ni tan sols una petita sospita?

No

Vindrà molta gent?

Massa!

El Sergi també?

El Sergi, el primer
És el fill del propietari
de Construcsa, recordes?
La meva mare vol que m'hi enrotlli

De debò?
Què és Construcsa?

Una immobiliària enorme
El meu pare li fa la rosca
Trama coses
Coses molt importants
Grans negocis
Un pal!

I el germanet gran del Sergi
també vindrà?

El Pau? És clar
Ja ho sabia, que m'ho preguntaries
No pateixis
Avui el veuràs segur
La mare els va trucar els primers
I no va respirar
fins que van confirmar que vindran

Estàs nerviosa?

Una mica
Però no pel Sergi

Jo m'ho pensava!
Llavors, per què?

Tot això em fa molta mandra
I molta vergonya
La mare diu que hi haurà periodistes
I que em faran fotos
És horrorós

A mi em sona molt bé
Com pot ser que et faci mandra?

Ja ho veus...
Sóc estranya

Sí que ho ets. Molt

A més, no em trobo gaire bé
Aquesta nit he tingut malsons
D'aquells tan dolents
Dels que t'espanten fins i tot
quan ja estàs desperta

Vols que en parlem?

Hi sortia la cara
d'una noia
de cabells llargs i arrissats
Pèl-roja

Ella parlava però jo no la sentia
Volia llegir-li els llavis
però no entenia res
Tenia els ulls enfonsats
i molt oberts
Fixos
sobre meu
Em feia molta por
Volia alguna cosa
Alguna cosa de mi

La coneixes?
Saps qui és?

No
No l'havia vista mai
Vull dir en el món real
És una mica estrany, oi?
Hola?
Estàs aquí, marmota?
Olgaaaa?

M'estic morint de son, Mara
Parlem més tard
Va, sisplau

D'acord
Però vine així que et despertis
No em facis esperar
Ets una mandrosa dormilega
Però t'estimo molt
Que ho sàpigues

Diana

ESCRIVINT...

Bon dia, reina
Estàs desperta?

Sí

Has esmorzat?

Encara no

Què fas?

Re

Esmorza
Dutxa't
No et rentis els cabells
Vesteix-te
Tenim hora a la perruqueria
a dos quarts d'onze
D'aquí a quaranta minuts
passo a buscar-te
Ho has entès tot?

Síííí

Estàs nerviosa?

Una mica

Només una mica?

Sí

Has parlat amb l'Olga?

Sí

Li has dit que en Pau vindrà?

Sí

I què diu?

Està com boja

Li has dit que el Pau
ho ha deixat amb la nòvia?

No

Li agafarà un atac

Segur
M'estimo més que sigui
una sorpresa

Dues amigues per a dos germans
Sembla el títol d'una pel·lícula

No comencis!

El Sergi avui es decidirà
D'avui no passa
Avui tindrà la seva gran oportunitat
i ni més ni menys que
amb la reina de la festa!

Es decidirà a què?

La seva mare diu que és molt tímid
però que li agrades molt
i des de fa molt temps
Diu que està canviant
Jo em penso que té raó
Avui es llançarà
És tan emocionant!
Potser l'hauràs d'ajudar una micona, nena
Però sense pressionar-lo

Ajudar-lo a què?
El Sergi i jo som amics

Sí, sí
Però em penso que avui et demanarà
que sigueu alguna cosa més

I tu com ho saps, això?
Què t'ha dit la seva mare?

No res
És només una intuïció

Mare, et noto d'una hora lluny
que m'estàs dient una mentida
A tu no et sembla estrany?

El què?

Tot
Parlar d'això amb tu,
per exemple...

Per què no n'hem de parlar?
El Sergi és un noi fantàstic
Em cau molt bé
M'agradaria molt que fóssiu nòvios
No ho negaré
Seria la parella perfecta per a tu
Té tot el que necessites

Mare!!!!!
Això no ho saps!

I tant, que ho sé
És guapo, educat
Molt bon estudiant
I el seu pare és un dels empresaris
més respectats del país

Sí, i casualment
serà soci del pare
en un negoci milionari
Oi que sí?

Tant de bo, reina
Tant de bo sigui com dius
Però encara ho hem de tancar, això

Potser això vostre l'ajuda a decidir-se
☺

I si a mi el Sergi no m'agrada?
I si no hi vull res, amb ell?

Quina bestiesa!
I per què no t'hauria d'agradar
si ho té tot

Tot... segons tu, és clar
Potser jo valoro altres coses

Bestieses
Com ara què?

Deixem aquest tema

Que no el trobes guapo?

No és lleig

Ho veus?
La resta no es pot discutir

El Sergi és el meu amic
i vull que ho continuï sent
Amic i res més

Ets massa jove
Pots canviar d'opinió mil cops

O potser no
Potser ets tu qui hauria de canviar

No siguis descarada
Em treus de polleguera
quan et poses així!
Què tens
en contra del pobre Sergi?

Res de res

Llavors?
Dóna-li una oportunitat, pobre!

Mare, *no siguis pesada*

No em penso enamorar
de qui tu diguis

Ui
Jo no he dit res d'això
Enamorar és una paraula massa grossa
No he parlat d'enamorar-se

No puc sortir amb ell
si no n'estic enamorada!

Pots provar a veure si t'agrada
Si no ho proves, no ho sabràs mai

Parles del pobre Sergi
com si fos una marca
de desodorant

No el provaries
si fos un desodorant?

No ho sé

Doncs és el mateix

No. No ho és
Enamorar-se és seriós
Arriba quan menys t'ho esperes
Quan n'estàs preparada
I amb la persona adequada
Que no sol anunciar-se
L'amor no es pot planificar

Hahahahahahaha!
Filla, parles com una telenovel·la
On has après totes aquestes coses?

Per cert
On ets?

Al gimnàs

I no tens res a fer?

Oi tant!

Estic fent bicicleta estàtica
Ja he fet cinc quilòmetres!
Estic a punt de batre el meu propi rècord
Durant aquesta conversa, almenys
he perdut cent grams
Acabo i me'n vaig a la dutxa
No hem de fer tard a la pelu
Ja han arribat els del càtering?

No ho sé
Jo sóc a la meva habitació
Ja t'ho he dit

Doncs afanya't
I si arriben, avisa'm
Els he de preguntar
un detall del menú
El Sergi és celíac
i jo no ho sabia
És important
que hi hagi menjar per a celíacs
Els ho he de dir
M'avisaràs?

D'acord

I anima't, va
Avui serà el dia més feliç
de la teva vida!
No estàs contenta?

Sí, suposo

Ai, estàs mig adormida
No es fan divuit anys cada dia
Ni cada dia ets
la reina d'una festassa
Els convidats cauran de cul

quan et vegin
Si et digués quant ens ha costat
només la música...

No cal
Me'n vaig a esmorzar
I a dutxar-me

Molt bé!
No triguis
Que no em vull posar nerviosa

Tranquil·la
Seré puntual

I esmorza bé

Que sííí

Bye, reina

Adéu

Olga

EN LÍNIA

Holaholaholahola, què fas?

M'avorreixoooooo
Com unes mil ostres
I tu?

Sóc a casa teva, bonica
He vingut així que m'he despertat
Com m'has dit
Però la Fernanda diu
que encara no has tornat de la pelu
T'estic esperant
Què t'estan fent?

Bffffff, això és fastigós
La mare s'ha encaparrat
que em transformi de dalt a baix
Tinc el cap dins d'un assecador
Odio aquest lloc!

Va, anima't
Al teu jardí hi ha un bombó

Què dius?

Ha vingut amb els del càtering
Està boníssim
Un morenet musculós
Té un culet preciós
Uns vint anys...

Marmota, confirmat,

estàs com un llum
A veure, descriu el bombó

Li faig una foto
Espera un segon
Olga t'ha enviat una imatge
La tens?

Espera
A veure
Està desenfocada
No hi veig res
El teu musculets
és una taca

Doncs m'hauràs de creure
Jo el veig. M'hi fixo
El contemplo. L'observo
L'estudio. Al·lucino
I t'ho prometo: és un bombó

D'acord, d'acord
Ja m'ha quedat clar
De debò és tan guapo?

12 sobre 10

Apa! Exagerada!
Segur que no n'hi ha per tant,
que et conec

És un morenàs
Espatlles amples
Cintura estreta
Bon cul (repeteixo)
Se li marquen tots els músculs
cada cop que aixeca una caixa de begudes
(és a dir, tota l'estona)
M'ho estic passant molt bé

Triga a tornar, sisplau

I des d'on el mires?

Des de la finestra de la teva habitació
Ups, perdó. Volia dir
des de la teva bombolla.
Té unes vistes estupendes,
la teva bombolla

Hahahahahaha
Estàs com un llum de ganxo!
Promet-me que aquesta nit
no et separaràs de mi
ni un minut

T'ho prometo
Només et deixaria
per una persona

No m'ho diguis,
ja sé quina

Doncs això
Passaré tota la nit
al teu costat, milady
El Pau no em fa mai cas

Això
ja ho veurem

II

DES DE FORA

Sense avisar

LA VIDA NO AVISA. TOT PASSA DE COP I VOLTA. Només després, quan penses en el passat, t'adones que va ser el començament d'alguna cosa.

Després. Mai abans ni durant.

Recordo perfectament el primer malson. Llavors no vaig donar-hi cap importància, tot i que va ser d'aquells que et deixen tremolant, morta de fred i de por, arraulida sota els llençols.

Us heu adonat que el fred que ve després del malsons no passa amb res?

Em pregunto per què em vaig espantar tant. Si només era una cara. Una dona desconeguda, de cabells molt llargs i arrissats, guapa i jove.

Feia una ganyota desencaixada, tenia els ulls tristos, la boca oberta, però no deia res.

M'acabava de ficar al llit i estava molt cansada. De seguida vaig entrar en aquell moment plàcid que ve just abans d'agafar el son. Llavors va aparèixer ella, com un rampell. Va escolar-se per l'escletxa que separa els somnis del món real.

La frontera on viuen els fantasmes.

I venia per quedar-se.

Pla general de la pel·lícula de la meva vida

SI AIXÒ FOS UNA PEL·LÍCULA, ara hauríem d'oferir una visió general de casa meva, el meu jardí, l'ambient, els convidats... Després la càmera aniria a la recerca dels meus pares, els ensenyaria com somriuen a tothom, tan encantadors com sempre. De fons sonaria alguna cançó dels anys vuitanta, ni molt sorollosa ni massa melòdica, barrejada amb el murmuri animat de les converses. Després veuríem els cambrers, molt ocupats a servir el menjar i les copes. Al fons, darrere la barra del bar a l'aire lliure, es deixaria veure durant un parell de segons l'Isma (tot i que encara no en sabem el nom ni gairebé ningú s'adonaria que és allà).

L'última a aparèixer seria jo, que per alguna cosa sóc la protagonista de la festa més exagerada que us pugueu imaginar: gairebé dos-cents convidats, trenta cambrers, una dotzena de vigilants de seguretat, dos discjòqueis, un càtering que impressiona, una decoració molt vistosa de flors i fanalets... En poques paraules: luxe a l'estil dels meus pares. La càmera faria tot un recorregut ràpid per la sala, la terrassa, el jardí, la piscina, les taules plenes de coses bones per menjar, els somriures dels convidats, els models de les noies, els cambrers d'esmòquing, i només al final se centraria en mi.

Jo sóc la que va de blanc, la que sembla una mica fora de lloc. Porto els cabells recollits en un pentinat horrorós, i les ungles pintades de color rosa pàl·lid. M'han maquillat com si hagués de sortir a la tele. Semblo trenta anys més gran!

L'única cosa que m'agrada de tot el que porto és el vestit. Encara no sé com vaig aconseguir convèncer la meva mare que volia aquest i no el vestit de nit horrorós de color lavanda tot ple de farbalans que li agradava a ella. Em va costar moltíssim fer-li entendre que un vestit senzill, curt i sense guarniments encaixava molt més bé amb el meu estil. Va haver de fer un d'aquells comentaris tan seus:

—Tens un estil horrorós, filla. Almenys per una nit podries oblidar el teu mal gust i fer-me cas.

Les sabates també les vaig haver de discutir, tot i que en aquest cas va ser més fàcil: sóc massa alta per portar sabates de taló alt. M'estimo més les sabates planes, si és que no vull semblar una geganta. La mare va arrufar el nas i va fer un altre dels seus comentaris típics:

—Molt bé. Si t'estimes més caminar com un ànec, tu mateixa.

I es va donar per vençuda. Vaig triar unes sandàlies platejades, sense taló, precioses, que ni tan sols eren gaire cares. Tota una fita, si tenim en compte com és la mare.

Potser caldria explicar alguna cosa de la meva família, que no és gens corrent.

Sóc filla única. Els meus pares són dos dels banquers més famosos del país. Això explica que els agradi fer les coses d'aquesta manera, crec. De fet, no saben fer-les de cap altra o estan massa acostumats a un estil de vida molt diferent del de la resta de la gent. Vivim en una casa de més de tres mil metres quadrats, a la part alta de la ciutat. La van comprar poc després que jo fes cinc anys, quan el pare va ser nomenat conseller delegat de BancaWorld i va començar a guanyar moltíssims diners. Vull dir, molts més que abans. La mare sempre ha sigut rica: l'avi ja se'n va preocupar, va treballar molt durament per tal d'aconseguir-ho. El meu avi tampoc no és com els altres, però el coneixereu quan arribi el moment.

Al voltant de casa nostra hi ha un jardí molt bonic que cuiden cada dia un parell de jardiners. Enmig del jardí destaca una piscina enorme, tota envoltada de gandules i parasols. Una mica més enllà hi ha el menjador d'estiu i les pistes de tennis (dues). Així que comença a fer calor als meus pares els agrada convidar els seus amics a la piscina i després oferir-los «un dinar fred» (que preparen les cuineres i serveixen els cambrers; tots treballen a casa). Quan vespreja, es banyen i juguen al bridge. Els amics dels meus pares són, per norma general, les persones més avorrides del món (gairebé tots són polítics o banquers o directors de diaris). De vegades vénen amb els seus fills, que normalment són uns presumits amb els cabells plens de gomina, que no tenen cap altre mèrit que ser rics i insuportables.

Tot aquest paradís, casa nostra, està protegit per un mur de ciment de més de tres metres. Des de fora, ningú no pot veure què passa dins. Sobre el mur hi ha càmeres de seguretat i un d'aquests ferros retorçats i plens de punxes especialment pensats perquè a ningú se li acudeixi saltar-lo. Al jardí hi ha una caseta on un vigilant de seguretat fa guàrdia les vint-i-quatre hores del dia. Es passa dia i nit mirant les pantalles del circuit tancat de televisió. Ningú amb dos dits de front tindria la pensada d'entrar a casa meva. En canvi, darrerament hi ha algunes persones que tenen la pensada d'acampar-hi al davant. Porten les seves tendes, els fogonets de càmping i els sacs de dormir, s'instal·len al terreny que hi ha just davant de la porta principal —per on entrem al jardí i a l'aparcament— i ens ensenyen algunes pancartes on han escrit consignes contra el pare i la mare. Quan algú entra a casa o en surt, comencen a cridar-les.

El pare sempre se'n va pels volts de les vuit del matí, conduint el seu propi cotxe. La mare surt una mica més tard, amb l'Artur, que és el nostre xofer des de fa una colla d'anys. Sempre ens porta a la mare i a mi a tot arreu. L'Artur parla dels acampats amb molt menyspreu i el pare i la mare li donen la raó.

Encara que sembli una mica estrany, vaig trigar molt a adonar-me que eren allà. Vull dir que passava per davant dels acampats sense pensar qui eren o què volien, com si les seves queixes no tinguessin res a veure amb mi o com si ells fossin invisibles. De sobte un dia vaig obrir els ulls (en el sentit metafòric) i vaig dir-me: «Si són aquí deu ser per alguna cosa». L'hi vaig preguntar a l'Artur, però no vaig rebre cap explicació. Només les normals, massa fàcils: que eren unes persones molt pesades i que el millor era no fer-ne cas.

El dia de la meva festa d'aniversari va tornar a passar. Els acampats eren allà fora i em va semblar que aquest cop eren més. Uns setanta si fa no fa, segons em va dir l'Olga. Portaven pancartes que deien el mateix de sempre: «Casillans i Armengol, lladres» o «Retorneu els diners que ens heu robat». Aquest cop vaig preguntar a la mare què volien, què hi feien, allà. La mare em va explicar que eren clients descontents del banc, que no acabaven d'entendre com funciona el sistema financer i que es pensaven que els banquers tenen la culpa de tots els seus mals, com si els banquers no fossin éssers humans que es poden equivocar.

—Llavors —vaig dir—, no tenen raó?

—I és clar que no! —va fer ella, tancant la qüestió amb molta seguretat—. I encara que la tinguessin, aquestes no són maneres.

Jo no en sé res, del sistema financer. L'única cosa que va quedar-me clara va ser que aquella gent que acampava davant la porta de casa nostra, cridant i enfadada, em feien una mica de por. A més, no m'agradava que diguessin que els pares són uns lladres. No podia imaginar per què ho feien, si no era veritat.

La mare treia importància a la qüestió amb paraules tranquil·litzadores:

—En temps de crisi hi ha molta gent descontenta, filla. Això no vol dir, és clar, que nosaltres siguem uns criminals. Calma't, al pare i a mi no ens passarà res. Tot això ho porten els advocats del banc, que són molt bons. No hem de patir per res.

També va afegir:

—Avui han vingut perquè saben que molesten més que altres dies. Si els fas cas, hauran aconseguit el que volen. Oblida que són allà. No mereixen que els dediquem ni un segon del nostre temps.

La mare parla amb tanta seguretat que sempre convenç tothom. Per descomptat, a mi també. La nit de la festa li vaig fer cas i vaig mirar d'oblidar-me del grup de manifestants i les seves pancartes.

Tot i que només ho vaig aconseguir a mitges, la veritat.

Una mica d'història familiar

JA HE DIT QUE EL MEU PARE ÉS BANQUER. Generalment no m'agrada pronunciar el seu nom, perquè odio les reaccions que provoca en els altres. Però ho faré: sóc la filla de David Casillans. Sí, sí, del famós director de BancaWorld, aquell que cada setmana surt als diaris i a la televisió. Us asseguro que no és fàcil de portar.

El meu pare és famós, però ni de lluny el més famós de la família. Em penso que l'avi el guanya per golejada (i això que darrerament vol fer-nos creure que s'ha tornat discret). I, dels pares, no us sabria dir ben bé quin dels dos és més conegut, si el pare o la mare. La mare és la directora del banc i, segons les revistes del cor (i algunes altres), la dona més influent del país. També n'és una de les més riques. Segur que a hores d'ara no necessiteu que pronunciï el seu nom, però ho faré igualment: Diana Armengol.

La mare no només és la directora de BancaWorld, també n'és la filla del fundador i del primer president, el famós Emili Armengol. La mare estava destinada a ocupar aquest càrrec directiu des que va arribar al món. Es va llicenciar en Econòmiques i en Dret amb l'única intenció de ser una hereva digna del seu pare. Si no hagués conegut mai el meu pare, res no hauria canviat en la seva vida professional. Ocuparia la mateixa butaca en els consells de direcció, prendria cada dia un munt de decisions importants i arriscades, tindria el mateix cercle d'amics (la majoria també heretats de l'avi) i portaria si fa no fa la mateixa vida, incloent-hi la casa on viu i el cotxe amb què es mou per la ciutat (l'una i l'altre escollits per l'avi).

Ja us he dit que l'avi no és com la resta. Per començar, s'ha passat la vida decidint coses importants i manant tothom i no té cap intenció de deixar de fer-ho. El que més li agrada és organitzar la vida dels altres, una cosa que, segons diu la mare, fa molt bé. De fet, ella sempre li ha fet cas en tot, i li agrada dir que li deu tot el que ha arribat a ser i tot el que té a la vida.

De vegades penso en la vida de la mare. Mai va protestar, mai no es va rebel·lar contra allò que l'avi volia imposar-li. Va limitar-se a acceptar les normes, i punt. De vegades penso que no va poder escollir, o potser no va tenir prou valor per oposar-s'hi. És complicat. No deu ser fàcil esdevenir allò que uns altres volen que siguis. De vegades em pregunto si la mare va renunciar a alguna cosa, si no va tenir mai la temptació de seguir un altre camí. El cas és que no ho va fer. Va ser la filla perfecta, exactament allò que el meu avi volia que fos.

Els meus pares es van conèixer al club de tennis. A la mare li agrada dir que el pare jugava massa malament per enamorar-se d'ell, i que tenia un encant que distreia el contrari i li donava peixet. Va acabar per acceptar-lo com a parella de dobles, en el tennis i més tard a la vida real, i junts van resultar invencibles. La mare sap jugar amb el cap fred i té un revés molt bo. El pare torna totes les pilotes i té molta resistència. Formen un bon tàndem. El pare sempre fa bromes sobre com li va costar conquistar la mare.

—Fins i tot vaig haver d'apuntar-me a classes de tennis i pagar la quota caríssima del club. Sense raqueta no me n'hauria sortit mai! —li agrada dir.

La Diana Armengol i el David Casillans es van casar un 5 d'octubre a la basílica de Santa Maria del Mar. Va ser un casament impressionant, amb més de set-cents convidats. L'avi va llogar el Palau de Congressos per celebrar-hi el banquet. Després van anar de viatge de noces a la Xina i al Japó durant tres mesos. Seria fantàstic pensar que em van concebre en algun d'aquests dos països, però no. Jo encara vaig trigar cinc anys a néixer. Segons la mare «els negocis i els fills no són compatibles». Per això sóc filla única. Em dic Amaranta. Sí, ja ho sé, és un nom grandiloqüent i estrany, però en aquest cas no és culpa de l'avi. Ell volia que em digués Victòria per dues raons: perquè era el nom de la meva àvia, que va morir jove, i perquè és nom de triomfadora (segons ell), i això és exactament el que volia que jo fos.

El meu nom, en canvi, va ser una dèria del pare. Segons la mare, va ser l'únic que li va imposar quan jo vaig néixer.

—No et demanaré res més. Però s'ha de dir Amaranta —li va dir.

A la mare li va semblar un nom ple de personalitat. Tot i que s'arronsa d'espatlles quan comenta:

—A mi no em miris. Si tens alguna queixa del teu nom, digue-ho a ton pare. Va encaparrar-se que t'havies de dir així i no hi va haver manera de treure-l'hi del cap.

Un cop vaig voler saber per què. Per què porto aquest nom tan estrany. Ho vaig preguntar al pare.

—És el nom del meu personatge preferit de *Cent anys de solitud*, la novel·la de Gabriel García Márquez —va respondre. I com que va veure que no quedava gaire convençuda, va continuar:— A més, m'agrada molt el seu significat. Tots els noms volen dir alguna cosa, encara que poca gent ho sàpiga. El teu vol dir: «La que no es marceix mai». Oi que és molt bonic?

Ho vaig trobar molt estrany. Coneixeu gaire gent que es digui «la que no es marceix mai»? Doncs ara ja podeu anar dient que n'heu conegut una. L'estranya que odia ser la protagonista. La desagraïda que per viure no necessita ni cases enormes ni pistes de tennis ni piscina, ni cuinera, ni xofer, ni vestits caríssims (tot i que té totes aquestes coses i moltes més). La tímida que no s'ho passa bé durant els dinars amb gent famosa perquè la gent famosa gairebé sempre és insuportable. L'extraterrestre que voldria aprendre a cuinar i que li deixessin endreçar la seva habitació en comptes d'haver de deixar que totes aquestes coses les faci algú altre per ella. L'estranya que no vol casar-se amb un banquer i ser multimilionària, sinó que s'estima més trobar la manera de dedicar-se a la seva gran passió, el teatre, i ser més feliç que la majoria. I, per descomptat, la que espera enamorar-se algun dia d'una persona excepcional i viure amb ella la resta de la seva vida. Aquesta sóc jo: Amaranta Casillans Armengol.

«Sí, un gos verd», diria la meva amiga Olga.

Potser té raó i tot. Però ja no tinc remei.

Gent que no t'escolta

—PER DÉU... ANIMA'T! —EM VA MURMURAR l'Olga a cau d'orella, somrient com si no passés res, mentre sortíem al jardí.

Ja era gairebé negra nit. Els encarregats del càtering encenien les espelmes que havien escampat per tot el jardí. Eren blanques, feien joc amb els centres de flors —gardènies, també blanques— que decoraven les taules. Els tendals de les pèrgoles, les llaçades que penjaven dels matolls, els vestits de les cambreres, els guarniments de les safates... tot era d'un blanc enlluernador. La decoració, tan elegant i exquisida, l'havia supervisat la mare fins a l'últim detall. Portava el seu segell distingit i elegant. La temperatura era molt agradable. Tot acompanyava perquè la festa fos un èxit.

L'Olga estava neguitosa perquè el seu estimat Pau encara no havia arribat. Jo em preguntava què passaria quan sabés que el seu amor impossible tornava a estar lliure. No li n'havia dit res.

—Tot això és al·lucinant! —deia l'Olga, mirant embadalida el jardí, els guarniments, les espelmes—. Mira tot el que han organitzat per a tu, Mara! Si a mi em passés alguna cosa semblant, em moriria de l'emoció i la festa es convertiria en una tragèdia grega. No ets la persona més feliç del món, en aquests moments?

El pare de l'Olga és cirurgià cardiòleg. Fa classes a la universitat i dirigeix projectes d'investigació. Tots els seus pacients són rics. La seva mare és arquitecta, sòcia d'un estudi de molt prestigi que amb la crisi va haver de tancar durant una temporada (perquè van quedar-se sense clients). Tot i això, viuen amb totes les comoditats en un àtic dúplex de tres-cents metres quadrats a la Bonanova i passen l'estiu en un poblet de la Costa Brava, on el seu pare s'aïlla per llegir i estudiar i la seva mare pren el sol cada dia a bord del seu iot. A mi la seva vida m'agrada més que la nostra.

—Amaranta! M'estàs escoltant? Ets feliç o no ets feliç?

«Feliç». De vegades és difícil trobar paraules exactes per als sentiments. *Felicitat* no era pas la paraula que més bé definia allò que m'estava passant. *Sorpresa*, *estranyesa*, *incomoditat* eren més adients. Ho trobava tot massa exagerat. Em sentia fora de lloc amb aquella pinta de princesa Disney. Hauria donat qualsevol cosa per anar-me'n al llit en aquell mateix moment.

Per entretenir-se, l'Olga buscava amb els ulls el cambrer guapo que havia espiat des de la meva habitació. El va trobar atenent en una de les barres de begudes.

—Anem! —va ordenar-me, caminant cap a ell amb molta seguretat—. Hem de comprovar si vist de prop encara és un dotze sobre deu.

Va arrossegar-me fins a la barra entre els primers convidats que ja anaven arribant, i va aturar-se davant el cambrer amb el seu posat descarat de sempre.

—Hola, jo em dic Olga, i tu? —va saludar.

El cambrer —que no estava gens malament, ho he de reconèixer, tot i que gairebé mai coincideixo amb els gustos de la meva amiga— la va mirar incòmode i li va preguntar:

—Que vol prendre res, senyoreta?

—Una coca-cola light, gràcies —va fer l'Olga. Llavors va tombar-se cap a mi i em va preguntar:— I tu? Què vols?

Vaig fer un gest amb la mà. No em venia de gust res. Estava molt nerviosa.

Quan el cambrer va donar el got a l'Olga, ella va tornar a atacar:

—No m'has contestat la pregunta.

—Disculpi, no l'he sentit —va excusar-se, abaixant els ulls. Em va semblar que ell encara estava més incòmode i no em va estranyar gens. L'Olga de vegades és molt impertinent.

—T'he preguntat com et dius —va insistir la meva amiga.

—Ho sento, estic treballant. No puc contestar preguntes personals —va dir ell, sense ni mirar-la.

Aquella resposta va deixar l'Olga fora de joc. I la va fer enfadar molt, és clar.

—Ei, tu! Ets un mal educat! —li va dir—. No mossego! Només t'he fet una pregunta.

Ell estava servint un parell de cubates a un dels convidats, que s'esperava. Abans de passar a un altre, va aturar-se davant l'Olga i molt seriós li va dir:

—Perdoni, però són les normes. No ens permeten conversar amb els convidats. Jo només sóc el cambrer.

—Per què em parles de vostè? —va preguntar la meva amiga, que és de les que no acaba d'entendre quan en fa un gra massa.

Vaig haver d'emportar-me-la d'allà per la força.

—Anem, Olga. No molestem més.

—Jo no molesto! Jo només he fet una pregunta! —insistia ella.

Vaig tenir molta sort: just en aquell moment entraven el Pau i el Sergi. Així que els va veure l'Olga va oblidar el cambrer i es va concentrar en el gran dels dos germans, un morè d'ulls clars de més d'un metre noranta i pel qual estava boja des de feia mesos.

—Anem! —va fer l'Olga, arrossegant-me cap als dos germans.

No vaig aconseguir arribar-hi. Pel camí em va interceptar la mare, que tenia uns altres plans per a mi. Vaig separar-me de l'Olga contra la meva voluntat i vaig seguir la mare sense ganes.

La mare parlava en imperatiu.

—Vine a saludar, Amaranta. Molta gent et vol veure —va dir, abans de pronunciar els noms i els càrrecs d'algunes persones que acabaven d'arribar, que jo vaig oblidar de seguida.

La mare estava preciosa, amb el seu vestit negre, els cabells llargs rossos, el maquillatge perfecte i el somriure encisador. Jo mirava la meva amiga de cua d'ull i la veia parlant amb el Sergi i el Pau. El Pau semblava molt content de veure-la. El Sergi no em treia la mirada de sobre. Vaig esquivar els seus ulls.

—Estàs bé? —va preguntar la mare—. Sembles una mica amoïnada.

—No pateixis, estic bé —vaig mentir.

—Bé, perquè acaba d'arribar l'amo de Construcsa. Vull que siguis encantadora, m'has entès? Esforça't una mica. Això és molt important per al teu pare.

L'amo de Construcsa era el soci del pare del Pau i el Sergi. Un home a punt de jubilar-se que odiava les festes i els actes públics. Un d'aquells rics presumits que es considera per sobre de tot i de tothom i que sempre fa el que li ve de gust. Es diu Teodomir Farulles (un altre d'aquests noms difícils d'oblidar), però tothom li diu «el senyor Teo». És un vell gras i d'aspecte desagradós, que menjava sense parar. En veure'm em va clavar una mirada tèrbola i antipàtica. La mare em va fer quedar allà somrient i fent veure que tenia molt interès mentre ella parlava i parlava tot esperant que arribés el pare. D'això la mare en diu «ser educada».

—I aquesta és la nostra filla, senyor Teo. La protagonista de la nit! Disculpi-la, sisplau, està una mica atabalada. És normal, oi? A la seva edat, jo també ho estaria, si fos el centre d'una festa com aquesta! No s'ho esperava; oi que no, reina? Però l'ocasió bé s'ho mereix. Vostè té fills?

El senyor Teo contestava remenant el cap mentre endrapava una broqueta de marisc. L'acompanyava la seva dona, una senyora lletja i grassa com ell, que no va dir res en tota la nit (potser perquè sempre tenia la boca plena). La mare també li feia la rosca.

—Però segui, sisplau, senyora Farulles. No es quedi dreta. Li ve de gust tastar una torradeta? Les fa la nostra cuinera amb formatge brie i herbes aromàtiques, i li surten boníssimes. —Es va girar cap a mi, amb el seu somriure oficial dibuixat a la cara i va dir:— Amaranta, podries anar a dir al pare que els senyors Farulles són aquí? No es perdonaria no haver passat a saludar-los. —Un altre somriure encantador, potser lleugerament petrificat, mentre amb la mà aturava en sec una cambrera.— Els ve de gust una copeta de vi de Bordeus?

I el senyor Farulles feia que sí amb el cap i la seva dona l'imitava. «N'hi ha per estona», vaig pensar, mentre somreia com una tòtila.

Olga

ESCRIVINT...

On ets?

Segrestada
Fent bona cara
al soci del pare
del teu estimat
Un pal

Uix!
I no et pots escapar?

No o ma mare em mata
On ets tu?

Amb el Pau i el Sergi
Sabies que el Pau
ha deixat la nòvia?
Diu que no la suportava
Això és MAAAAASSSSAAAAA!!!!!

Yes. Ja ho sabia
M'hauria agradat
veure't la cara
quan t'ho ha dit

Vine ara mateix
El Sergi ha preguntat per tu
Tres vegades en cinc minuts

Ara no puc

Per què?
Mara?

Per què no pots?
És la teva festa
Maraaaaaaaaaa!!!
Contesta'm

Ostres, quin pal
Em pensava
que no podria
marxar mai
Quin home més odiós!
On sou?

A la barra de begudes del fons,
la del cambrer mal educat

Ok. El 12 sobre 10

Això era abans
12 sobre 10 és el Pau
El cambrer és un mal educat

Doncs a mi em cau bé

Tu estàs molt malament, Mara
És un imbècil
I a més és magrebí

I què?
Des de quan
és important, això?
Canvia alguna cosa?

Potser no. Però és magrebí
Cal tenir-ho en compte

En compte per què?

Ai, no ho sé
Ara no puc pensar
Però aquestes coses
sempre tenen importància

El Sergi i qualsevol

NO VAIG TRIGAR A TROBAR la meva amiga i els seus dos cavallers. L'Olga reia com si realment fos més feliç que mai. Devien ser els efectes de la notícia bomba. Així que em va veure, el Sergi es va afanyar a dir:

—Estàs molt maca, Amaranta.

El Sergi és d'aquesta mena de nois que et fan posar nerviosa per com et miren. Un d'aquests que mai no s'acaben de decidir. És molt prim i molt alt, em penso que per això mateix camina una mica geperut (no deu ser còmode haver de mirar avall per veure el món). Té uns ulls blaus molt bonics i els cabells rossos i una mica arrissats. És molt simpàtic, bon estudiant i totes aquestes coses que diu la meva mare. Reconec que qualsevol noia es podria enamorar d'ell. El problema és que jo no sóc qualsevol noia. No sé per què, té alguna cosa que no m'acaba d'agradar. Encara pitjor: té alguna cosa que em fa angúnia, que m'allunya d'ell. L'Olga té una teoria sobre això.

—T'ho ha posat massa fàcil. Fa massa que saps que està boig per tu, i això no és bo.

Pot ser. O potser no. És possible que el nostre cor sigui tan complicat? És possible que preferim el que és més complicat? Ens atrau més el que és incert que el que és segur? No ho crec. Em penso que jo no sóc així.

Un altre cop l'Olga, la filòsofa:

—Tu ets com totes les noies, bonica. Una bleda que sempre vol allò que no pot tenir.

Sempre vaig pensar que l'Olga s'equivocava. En primer lloc perquè jo no estava enamorada de ningú. I després, perquè allò meu amb el Sergi no tenia res a veure amb els seus sentiments. En el fons em feia sentir bé que estigués enamorat de mi. El problema era que jo no podia correspondre'l. Ho havia intentat, encara que només fos per fer contenta la mare, però no podia. Era un bon noi, però no podia enamorar-me d'ell.

Algun cop heu volgut enamorar-vos d'algú a propòsit? És una de les coses més estúpides del món. I més inútils. Mai funciona.

Al capdavall, l'única cosa que vaig aconseguir va ser sentir-me culpable cada cop que el mirava, com si hagués comès algun crim. I li vaig dir:

—Mira, Sergi, em caus molt bé i m'agradaria que fóssim bons amics, però no estic enamorada de tu. Ho sento moltíssim.

Va fer una cara de disgust tan gran que em va saber molt greu.

Sabeu què és el contrari de l'amor? La llàstima.

—Sisplau, no t'ho prenguis així. T'estimo molt com a amic. Segur que trobaràs una altra noia i serà millor que jo, ja ho veuràs. Qualsevol podria tornar-se boja per tu, n'estic convençuda.

—Jo no vull qualsevol noia... —va murmurar ell, però jo vaig fer veure que no ho havia sentit.

D'això ja feia un mes. En aquells trenta dies, el Sergi s'havia comportat com si no m'hagués entès. Jo estava segura que sí, però no ho semblava.

I ara érem allà, a la festa dels meus divuit anys, a punt de comprovar-ho.

El Pau i l'Olga van començar a allunyar-se de nosaltres.

Parlaven com si al món no hi hagués ningú més tret d'ells, com si la resta de gent no tingués cap importància. Tenien el to i el gest de qui comparteix confidències. Vaig alegrar-me molt per la meva amiga. Vaig pensar que per fi havia arribat aquell moment que feia tant que desitjava.

El Sergi els va assenyalar amb la mirada i va somriure.

—Em penso que tenim una parelleta nova —va dir, i em va semblar que es posava vermell com un tomàquet. Vaig començar a témer el pitjor, que m'imaginava que estava a punt de passar.— Mara... necessito parlar amb tu. He estat pensant molt en allò que em vas dir i a la fi m'he decidit.

—T'has decidit? —li vaig preguntar—. A què?

—A intentar-ho de nou. Sí, sí, sí, ja sé que em vas dir que només podríem ser amics i que me'n busqués una altra, però hi ha un problema molt gran, saps? Jo mai no he tingut res tan clar; en tota la meva vida. No em puc rendir així, d'entrada, sense presentar una mica de batalla. La sort només somriu a aquells que lluiten per allò que volen, no creus? Per això m'agradaria demanar-te un altre cop si vols ser la meva nòvia. Tu i jo estem fets l'un per l'altre, Mara, no te n'adones? A mi em sembla tan evident! En fi, la pregunta és aquesta: vols sortir amb mi? T'asseguro que no te'n penediràs.

Els batecs del meu cor s'havien disparat. De la ràbia, de la incredulitat. Com era possible que el Sergi encara ho volgués intentar? Érem allà, palplantats, i repetíem les mateixes paraules de feia un mes, com si el temps no hagués passat. Que potser l'altra vegada no vaig parlar prou clar? O potser ell no ho volia entendre? Calia que digués totes aquelles coses cursis de «fets l'un per l'altre»? No podia inventar alguna cosa una mica més original almenys?

Volia respondre, ja tenia a punt les mateixes paraules de feia un mes, amanides amb una resposta més clara, a veure si aquest cop m'entenia millor, però de sobte va aparèixer del no-res la meva mare i va anunciar-me:

—Amaranta, sisplau, necessito que vinguis un moment. El teu avi vol parlar amb tu. T'espera a la biblioteca.

Vaig somriure com una fava i vaig dir al Sergi:

—Després en parlem.

Vaig seguir la meva mare, molt agraïda que hagués aparegut en el millor moment, just per salvar-me.

Llavors ella em va mirar i va murmurar a cau d'orella:

—Us he vist molt juntets. Què? Ja se t'ha declarat?

—És clar que no! —vaig contestar, molt enfadada—. I no estàvem molt juntets!

Però la mare tampoc no m'escoltava, perquè és d'aquella mena de persones impermeables a tot allò que passa al seu voltant. Gent a qui la realitat els és igual perquè ells ja saben prou bé quina mena de ficció volen per a la seva vida. I no paren fins que ho aconsegueixen.

L'avi i el coleòpter fluorescent

EL MEU AVI FA ANYS QUE PATEIX una malaltia que no el deixa caminar. Té les cames molt dèbils i va en cadira de rodes. El cap, però, li funciona molt més bé que a mi («per compensar», diu ell). En teoria, està jubilat des de fa anys, però encara segueix controlant tot el què passa a BancaWorld com el primer dia. També fa servir les seves influències sobre la mare, que li fa cas en tot, com si encara fos una nena. El fet és que el meu avi és el millor, i tothom ho sap. És el darrer baluard d'una nissaga de banquers capaços de convertir en or tot allò que toquen. Un home amb les idees clares, autoritat moral, acostumat a donar ordres i que tothom li faci cas. Potser per això també té el costum de dirigir les vides de tots aquells que li importen.

Malgrat tot això, és un avi genial. Divertit, afectuós, savi, de vegades una mica massa original. Amb ell he passat els millors moments de la meva vida, i fent les coses més normals del món, com passejar o jugar una partida d'un dels nostres dos jocs preferits: el parxís i l'oca. El seu lema sempre és: «L'important no és guanyar sempre, sinó saber guanyar».

Aquella nit vaig entrar a la biblioteca i vaig buscar l'avi Emili en el seu lloc de sempre. Era allà, al costat de la llar de foc apagada, picant amb els dits al braç de la cadira de rodes, esperant. Al seu costat, la infermera també s'esperava, dreta com un soldat. Així que em va veure, l'avi va fer un gest despreocupat per dir-li que podia marxar. Ella va dir que seria fora, a la terrassa, «per si em necessita», i va deixar-nos sols.

—La reina de la festa! —va exclamar el meu avi, molt content de veure'm—. Deixa que et miri! Estàs preciosa, Amy, aquesta nit brilles amb llum pròpia. Segur que ja t'ho ha dit algú més jove i més ben plantat que jo.

—Doncs no —vaig respondre, mentre li feia un petó a la galta.

—Doncs sí que estan distrets! I què esperen? Les noies guapes com tu no estan gaire temps disponibles. Aviat tindràs un munt de pretendents, com li va passar a la teva mare, ja ho veuràs. I com ella, hauràs de triar-ne un.

Durant un segon vaig témer que l'avi també volgués parlar-me del Sergi, per això vaig afanyar-me a fer broma.

—Si brillo amb llum pròpia, com dius, llavors deu ser que m'he transformat en una cuca de llum? M'estàs dient insecte?

—No! Insecte no! Coleòpter! El coleòpter lluminós més bonic del jardí. —Va somriure, assenyalant una cadira, al seu costat.— Vine aquí amb mi.

Sempre m'ha agradat aquesta manera una mica passada de moda que té l'avi de tirar-me floretes. També m'agrada molt com m'anomena. Per alguna raó, mai no ha volgut dir-me pel meu nom. Li agrada dir-me Amy, i és l'únic que ho fa. Ho pronuncia com si fos un nom anglès: «Eimi». A mi m'encanta.

L'avi té molta afició a fer discursos solemnes. En té un per a cada ocasió i li agrada que tothom l'escolti. De vegades és una mica pesat, però l'hi perdonem perquè també és encantador i perquè en el fons sabem que ara ja no canviarà. Tan bon punt vaig seure vaig endevinar que el moment del seu discurs s'acostava. Només em va estranyar una mica que no el volgués pronunciar davant tota la família i els convidats i s'estimés més la intimitat de la biblioteca.

—T'estranya, potser, que t'hagi volgut veure aquí, sols tu i jo? —va preguntar, com si endevinés els meus pensaments.

—Una mica.

—Els teus pares saben el que et vull dir i els he demanat permís per fer-ho a soles. Encara que et sembli estrany, no vull que ningú ens distregui. El que et vull dir és molt important per a mi. D'alguna manera, fa tota la vida que espero aquest moment.

Vaig espantar-me una mica de sentir aquestes paraules. També vaig sentir molta, moltíssima curiositat. Per sort, l'avi m'ho va aclarir de seguida.

—Durant tots aquests anys has viscut una mica d'esquena a la feina que fan els teus pares, i has fet molt ben fet: has estudiat, has fet amics, has viscut una vida apropiada per a una noia de la teva edat —arrossegava una mica les paraules, com els actors—. En canvi, ara ha arribat el moment d'enfocar les coses d'una altra manera. Com fan els prínceps hereus quan deixen de ser-ho, m'entens?

—No gaire.

L'avi es va escurar la gola, va somriure i va tornar a escurar-se la gola.

—Aquesta nit és molt important per a tu, estimada Amy. Avui fas divuit anys. La majoria d'edat. Com et sents?

—Doncs, la veritat? Igual que ahir —vaig fer.

—No, no! Això és impossible! Avui ets una altra persona.

—De debò? —vaig fer broma—. I és molt greu? Tens un mirall?

Les bromes entre l'avi i jo treuen de polleguera la meva mare, que mai sap quan parlem seriosament i quan no, i no ho suporta. A l'avi i a mi ens costa una mica parlar seriosament. Tot i que aquella nit ell no semblava fer broma ni tenir-ne gaires ganes.

—Estàs just en el començament de la teva autèntica vida. Els teus millors anys, Amy —va afegir ell, seriós com un mafiós d'una pel·lícula—. Has de pensar a començar a construir els fonaments de la teva vida i de la teva personalitat. I jo t'ajudaré a fer-ho perquè tot plegat sigui sòlid com una pedra.

—Ui, quina por que em fas. Parles com un constructor de catedrals.

—Ben mirat, la comparació no és cap bestiesa. La vida de qualsevol de nosaltres s'assembla a un edifici molt gran. Cal començar per fer forts els fonaments si volem que les cúpules no s'ensorrin.

—Sí, d'acord. I se suposa que els meus fonaments són...?

—Els estudis, per descomptat. Has de pensar en la teva formació i el teu futur.

Ara ho entenia tot! Era un discurset sobre la importància dels estudis! I jo que ja començava a espantar-me! Segur que l'avi tenia por que, ara que havia tret tan bones notes a la selectivitat, em distragués. Res més lluny de les meves intencions, per cert, i vaig afanyar-me a dir-l'hi. Estava convençuda que li agradaria molt saber-ho, com sempre.

—No pateixis, avi, jo tinc molt clar què vull fer en el futur. No t'ho ha explicat, la mare? Vull ser directora de teatre! Vull estudiar art dramàtic a l'Institut del Teatre, però primer he de superar les proves d'accés, que són molt complicades perquè s'hi presenta moltíssima gent i hi ha poques places. Estic contenta perquè ja he passat la primera fase, i això que era molt difícil. Era un examen d'història de les arts escèniques i un comentari de text. Vaig tenir molta sort, perquè va caure Samuel Beckett, que és un dels meus dramaturgs preferits. El coneixes? Bé, tant és. Era un irlandès genial amb el cap una mica complicat. Hauràs de venir a veure un dels meus muntatges de final de curs, oi que vindràs? Per cert, mai no m'has dit si t'agrada el teatre. T'agrada?

—No em desagrada. Sobretot el de tota la vida. *Terra baixa*, *L'amor venia en taxi*, *Don Juan Tenorio*... aquestes coses del meu temps. Però no és d'això del que jo volia que parléssim.

Em va prémer la mà i va abaixar una mica la veu. Parlava en el mateix to de quan era petita i m'explicava contes.

—Tot això és molt bonic, Amy, però ja tindràs temps de fer teatre. No és pas això el que ara has d'estudiar. Seria una bestiesa, una pèrdua de temps, oi que ho entens? Els fonaments de què t'he parlat no tenen res a veure amb el teatre. I ho saps, encara que mai no n'hàgim parlat.

—Què vols dir?

—Que formes part d'una família que té la seva tradició i la seva manera de fer diners. És com qui neix en una família de botiguers i hereta un negoci que rutlla, amb molts clients. No se li acudiria pas deixar-lo perdre ni donar-lo a unes altres mans, oi que no? —No vaig respondre, no tenia ni idea de què m'anava a dir. Va posar la mà en un costat de la cadira de rodes i en va treure un sobre de color blanc.— Doncs BancaWorld és el nostre negoci, la nostra obra, allò que ha donat a la nostra família un valor afegit. I tu n'ets l'hereva i t'has de comportar com toca.

«I què passa si al príncep hereu li fa molta mandra ocupar el tron que li està destinat i s'estima més dedicar-se a altres coses?», vaig pensar, mentre l'avi treia uns papers del sobre.

—Aquí tens. És el meu regal d'aniversari —va anunciar, ensenyant-me els papers, on es veia un escut d'una universitat estrangera—. Llegeix-ho. Això que et dono és una oportunitat que molt pocs tenen mai. Sé que tu sabràs aprofitar-la al màxim.

University of Chicago. Estudis superiors d'Economia i Empresa, els més prestigiosos del món. Una matrícula al meu nom, un pis per a mi sola al campus mateix i una llibreta d'estalvis de BancaWorld.

—Això és per a les despeses —va afegir l'avi, assenyalant la llibreta—. No he tingut temps d'actualitzar-la abans de venir, però millor: així no sabràs quin saldo tens fins que no passis pel banc.

Vaig obrir la llibreta d'estalvis per la primera pàgina i vaig llegir: «Saldo actual: 1,37 euros». Vaig somriure.

—Sóc rica —vaig murmurar.

—Moltíssim! —va fer broma també l'avi.

—No m'ho esperava... Gràcies —vaig dir, amb educació—. Però jo em pensava que podia triar. A mi l'economia no m'agrada. I no em va gens bé.

—Bestieses! Ho duus a la sang, només t'has d'aplicar una mica. Ets la filla dels dos banquers més brillants del seu temps, néta de l'home més atrevit i visionari (tot i que no està bé que jo ho digui), bé que n'hauràs d'aprendre. Em penso que ho faràs així que et treguis del cap tot això del teatre i et concentris en el que és important de debò.

—Quan comença el curs?

—A l'octubre. Tens gairebé quatre mesos per acostumar-te a la idea i fer plans. La de Chicago és una de les universitats més bones (i més cares) del món. Sortiràs feta una fora de sèrie. El millor per a la millor!

—Però jo tenia uns altres plans, avi —vaig protestar, i em penso que la meva veu va sonar una mica desesperada.

—Ja ho sé, Amy, petita, ja ho sé. No m'odiïs per això que

et diré ara, però crec que ja toca que aterris al món real. A la teva edat és normal tenir el cap ple de somnis, deixar volar la imaginació, tenir fantasies que de fet no encaixen gens amb la nostra autèntica personalitat. La veritat és que a tu t'espera un destí increïble, que no pots evitar. Seràs la capitana de BancaWorld el dia que els teus pares es jubilin. Potser ara penses que falta molt temps perquè arribi aquest moment, però t'equivoques. Els anys passen volant i no ens han de trobar mai desprevinguts. Seràs la presidenta més ben preparada que hi ha hagut mai en la nostra entitat. Seràs l'orgull de la teva família i, per descomptat, també del teu avi. Encara que potser jo no visqui per veure-ho, sé que ho seràs. —Se li van omplir els ulls de llàgrimes i se li va trencar una mica la veu, però va continuar parlant:— Sé que ho faràs molt bé, Amy. Has nascut per fer-ho! I vet aquí que encara tinc una tercera sorpresa per a tu, la raó per la qual volia que estiguéssim sols, només tu i jo. En realitat és un secret que vull confessar-te. Un secret entre nosaltres i prou. Avui he fet testament!

—Avi! Però, per què?

—No t'espantis. Encara no penso morir-me. Però ara que ets major d'edat i que ja he deixat ben encarrilada la teva formació, vull deixar-ho tot al sac i ben lligat. T'he nomenat hereva de gairebé totes les meves accions. La teva mare en té una petita part, la que li correspon legítimament com a filla meva. La resta vull que siguin per a tu. Esdevindràs accionista majoritària, saps què vol dir, això?

—Si fa no fa.

—Vol dir que tindràs capacitat per decidir i per executar les teves pròpies decisions. Sé que ho faràs molt bé, perquè ets intel·ligent i sensible.

—I per què és un secret?

—Només de moment. Vull que sigui així. Les coses canvien molt ràpidament, Amy. El món de les finances d'avui dia no s'assembla gaire al que jo vaig conèixer quan començava. És cert que jo sempre vaig ser molt ambiciós i que des de sempre vaig voler fer-me ric, ara no t'ho negaré. Però jo no ho volia aconseguir de qualsevol manera o a qualsevol preu. Hi havia certes normes que per res del món hauríem trencat, pactes que es respectaven passés el que passés. Hi havia moral, honor, principis, paraula i un munt de coses que ara semblen tan extingides com els dinosaures. Fa temps que vaig deixar d'entendre el món i les lleis que el governen, especialment quan les lleis les dicten els bancs i les grans economies. No t'esperaves que et digués això? No m'estranya, mai no ho he explicat a ningú. Suposo que necessitava trobar la persona adient. I tu... tu ets aquesta persona, Amy, petita, tu ets la meva gran esperança en el futur dels bancs i els banquers. Si les coses encara poden arreglar-se, ho haurà de fer algú com tu. Va, no em miris amb aquesta cara, sisplau. Sé que ara no entens res del que et dic i que potser t'he decebut per demanar-te que t'apartis del camí que havies decidit, però sé que algun dia em comprendràs i t'alegraràs d'això que t'he dit. Sé que ho faràs molt bé, que seràs la millor successora que mai hagi pogut imaginar.

L'avi tenia tota la raó: no entenia res de tot allò que m'acabava de dir. Malgrat tot, el vaig veure tan trist, tan emocionat, que li vaig fer una abraçada. Una d'aquelles d'ós, com ell les anomenava quan era petita. Molt forta i molt llarga. Una abraçada de tot cor. Em penso que se li va escapar una llàgrima.

—Ho faràs molt bé, coleòptera. Sé que puc confiar en tu —va repetir.

No vaig trobar res més a dir-li. Si m'hagués atrevit, podria haver contestat: «Jo en canvi acabo de veure que no puc refiar-me de tu, avi». Em sentia exactament com ell havia dit: decebuda que no donés cap importància a la meva vocació, que també volgués decidir la meva vida, sense preguntar abans què volia jo. Ell havia fundat un banc i jo no tenia altre remei que seguir els seus passos.

També estava molt sorpresa. Per què els pares no m'havien dit res de tot allò? Per què fins en aquell moment ningú no m'havia dit que jo no era lliure per decidir el meu propi futur?

L'avi, una mica més refet, continuava parlant:

—Aquest estiu m'agradaria molt que comencessis a fer algunes feines al banc. Així t'hi aniràs acostumant i coneixeràs els diferents departaments. Tal com s'ha de fer, des de dins i des de baix. Ja ho tinc tot a punt, dilluns t'hi espera el cap de personal per explicar-t'ho tot. Es diu Hipòlit i és un home en qui tinc plena confiança, encara que és una mica vell, com jo. No t'oblidis de demanar-li que t'actualitzi la llibreta abans de res. I, sisplau, no em renyis quan ho hagis fet, d'acord? Has d'aprendre a administrar-te, bonica, aquest és de fet el principal objectiu de la nostra feina, ho entens? Mentre pugui, i sempre que els teus pares m'ho permetin, jo mateix supervisaré aquestes primeres passes teves. Aquest banc és el millor que puc deixar-te, Amy, i sé que el dia que ocupis el meu lloc prendràs decisions que faran història.

L'avi va donar-me una targeta de visita.

—Aquí tens les dades del notari al qual he anat a fer testament aquesta setmana. Així que em mori, vés a veure'l. No facis aquesta cara, ja t'he dit que encara no ho penso fer. El notari sap que hi aniràs i et donarà instruccions sobre com has de fer les coses a partir d'aquest moment. Però és important que prenguis les teves pròpies decisions, que siguis ben valenta i que no pensis si són fàcils o no. Només si estan bé, com jo he fet sempre. Promet-me que no t'espantaràs ni deixaràs que els altres decideixin per tu. Ah, i el més important: aquesta és una informació confidencial, només entre tu i jo. Si hagués volgut que els altres la sabessin, els l'hauria dit. És important que no comentis res a ningú, ho has entès?

—Sí.

—Està bé. I ara vine aquí, cuca de llum! Fes-me un petó. Estic molt orgullós de tu. Promet-me que mai no oblidaràs tot això que t'he dit.

—D'acord. T'ho prometo.

Tot allò em va deixar molt aixafada, ho reconec. No suportava que l'avi parlés de morir-se, encara que digués que faltava molt. No volia pensar que hauria de viure sense ell, sense les seves bromes, ni els seus comentaris passats de moda, ni les partides de les sobretaules. Em penso que l'avi és la persona amb qui més temps he passat en tota la meva vida, una de les que m'ha entès millor i una de les que més he estimat del món.

—I sisplau —va afegir—, treu-te aquesta cara d'odiar el teu avi, que avui és la teva gran nit i estàs massa guapa per estar enfadada. A més, tothom t'espera. Surt al jardí, va, ja és moment que aquest vell deixi d'acaparar la reina de la festa. A fora hi ha molta gent que et vol veure.

No hauria pogut odiar el meu avi ni volent-ho. Estava feta un embolic, només era això. Vaig pensar que sortir m'aniria bé. Vaig buscar el mòbil a les butxaques del vestit, igual que un nàufrag busca un tros de tauló on agafar-se.

L'avi tenia molta raó en una cosa: de sobte era com si m'hagués transformat en una altra persona.

Olga

ÚLTIM COP A LES 22.32

No et veig

On ets?

Olga?

Això és pitjor
del que em pensava

Espero que estiguis amb el Pau

I que no contestis perquè
us esteu fent petons
fins a quedar-vos sense aire

Ni tan sols mires el mòbil!

Quina enveja!
Has aconseguit el teu
príncep blau
En canvi ara mateix
la meva vida és
tota plena de gripaus

Ai, marmota. Ja t'ho deia

que em volia quedar
tot el dia dins
la meva bombolla

Me'n vaig a fer una visita al 12 sobre 10 a veure
si em consola

Si llegeixes
aquest missatge,
busca'm. Recorda
que em vas prometre
que no et separaries
de mi en tota la nit

Mentidera!

Per què serveixen les normes

VAIG TORNAR A LA BARRA BUSCANT L'OLGA. Necessitava explicar-li el que havia passat. Però no hi era. Vaig donar un cop d'ull als voltants. No la vaig veure entre els convidats. Tampoc vaig veure el Pau ni el Sergi. Ni els meus pares, tot i que la mare més m'estimava no veure-la, de moment. Estava una mica marejada.

—Es troba bé? —va preguntar una veu agradable darrere meu.

Quan vaig girar-me vaig topar amb la mirada del cambrer guapo que no havia volgut parlar amb l'Olga.

—Em penso que no gaire —vaig respondre.

—Una mica d'aigua fresca li anirà bé —va dir, i es va afanyar a omplir-me'n un got.

Vaig fixar-me que tenia un accent una mica diferent, més aviat suau. Tenia els cabells molt foscos, gairebé negres, la pell de color lleugerament torrat, les espatlles amples, les mans llargues i primes. Era jove, alt, ben proporcionat. Es movia rere la barra amb molta agilitat. Es veia d'una hora lluny que tenia pràctica i que estava concentrat a fer bé la seva feina. El seu únic defecte era que servia begudes massa seriós, com si fos una estàtua clàssica.

Vaig fixar-me que portava una placa amb el seu nom a la butxaca de dalt de la jaqueta. Hi deia: Isma.

—Moltes gràcies, Isma —vaig dir, en agafar l'aigua.

Va tenir una petita reacció de sorpresa en sentir que deia

el seu nom, però no va fer cap comentari. Només una resposta educada:

—De res.

Vaig beure'm tota l'aigua de cop i em vaig sentir una mica més bé.

—N'hi poso més? —va preguntar ell.

—Sisplau, digue'm de tu. Em sona molt estrany que em tractis de vostè. Devem tenir si fa no fa la mateixa edat, oi?

—Em sap greu, però no pot ser, senyoreta —va dir ell—. Són les normes de l'empresa per a la qual treballo. Si les incompleixo podrien acomiadar-me. No ens està permès tutejar els clients —va abaixar la veu—. I encara menys mantenir-hi una conversa.

—I jo sóc una clienta?

—Sí.

—Per què? Per beure'm l'aigua que m'has donat?

—No. Per haver estat convidada a aquesta festa tan impressionant, per això —va somriure, i en fer-ho va ensenyar-me dues rengleres de dents perfectes i blanquíssimes.

Llavors vaig adonar-me que no sabia qui era jo. Per si de cas, vaig decidir assegurar-me'n.

—És una festa d'aniversari.

—Sí, ja ho sé.

—Es veu que l'amfitriona fa avui divuit anys. És la filla del director de BancaWorld.

—També ho sé.

—No t'agradaria conèixer-la? Te la puc presentar.

—Ni sí ni no.

Aquella conversa em divertia, m'estava retornant el bon humor. A més, el cambrer era realment guapo. Per un cop li havia de donar la raó a l'Olga. Em penso que ell dissimulava però que també s'ho estava passant bé. No hi havia ningú que volgués begudes. Tothom havia marxat cap a la zona de l'escenari, on un presentador contractat per a l'ocasió feia riure el públic.

—Està bé —vaig dir—, doncs si no pensa tutejar-me, jo també el tractaré de vostè. És el que s'ha de fer, oi? Retornar el tracte que et donen. Seria tan amable de posar-me un altre got d'aigua, senyor Isma?

—Serà un plaer, senyoreta —va afanyar-se a dir, tot dissimulant les ganes de riure.

—Tampoc no té permís per riure?

—Tampoc, senyoreta.

—Però es pot saber qui és el seu cap? La madrastra de la Blancaneu?

Gairebé vaig aconseguir que deixés anar una riallada, però va aguantar com un valent. Em penso que li costava molt, però ho aconseguia amb la màxima professionalitat. I jo m'ho estava passant molt bé.

—Aquí el té, senyoreta. —Va lliurar-me un altre got d'aigua fresca.

—Li faria res deixar de dir-me «senyoreta»? Em fa posar nerviosa.

—Em sap greu. Ho tindré en compte a partir d'ara.

—No m'ha contestat la pregunta més important.

—Ho sento. Quina pregunta era?

—La seva edat.

—Quants anys li sembla que tinc?

Vaig fer veure que m'ho pensava molt.

—Mmmmm... Vint? Com a molt.

—Gairebé. En tinc divuit.

—Ho veu? Ho sabia! Tenim la mateixa edat.

—Aquesta nit tothom té divuit anys.

—Tothom?

—Vostè, jo, l'amfitriona...

—Ah, sí, la filla del banquer. Aquella idiota.

—La coneix?

—Una mica.

—I és una idiota?

—Una idiota com una catedral.

De sobte l'Isma va deixar de somriure i va apartar-se una mica de mi. Va ser un moviment reflex, com el d'un animal que intueix un perill. Va abaixar la mirada, va fer veure que recollia unes ampolles.

—Passa res? —vaig preguntar.

—El meu cap. M'està mirant —va murmurar—. Ho sento, però he de deixar de parlar amb vostè.

—I tampoc no pot contestar quan algú li pregunta alguna cosa?

—Sí, però amb respostes curtes i directes.

—Doncs quin avorriment.

—Em sap greu.

A mi també em sabia greu. M'hauria agradat molt anar a parlar amb el seu cap i dir-li quatre coses. També m'hauria agradat molt continuar la nostra conversa sobre «la filla del banquer». Era molt divertit, tot i que justament en aquell moment la meva mare va aparèixer a l'altra banda del jardí, i em feia senyals. No feia gaire bona cara, per cert.

—A mi també em renyaran, Isma. Bona sort amb el seu cap.

—Igualment...

—Per cert, em dic Mara —vaig anunciar, abans de sortir cap on era la mare, amb el seu vestit perfecte i un gest arrufat que li espatllava el maquillatge.

En el centre de l'escenari

—Es pot saber on t'havies ficat? Fa una bona estona que ningú no sap on ets —va ser la salutació, tan afectuosa, de la meva mare—. Com t'ha anat amb l'avi?

Parlava de pressa, com si tingués coses molt més importants a fer. Jo, en canvi, necessitava que em contestés l'única pregunta que em ballava pel cap.

—Mare, tu sabies alguna cosa d'una universitat a Chicago?

Em va agafar les mans i va allunyar-se una mica, com per veure'm més bé. Feia cara de mare molt orgullosa.

—A tu què et sembla? —va fer—. És una oportunitat increïble! Seran els millors anys de la teva vida, reina! Estic superemocionada per tu!

Per què tots parlaven dels millors anys de la meva vida amb aquella seguretat? S'havien posat d'acord?

—Llavors, per què no vas dir-me res quan et vaig explicar que volia estudiar teatre? —vaig insistir.

—Amaranta, filla, de debò hem de parlar d'això ara i aquí? Els fotògrafs t'esperen.

—Sisplau, mare, contesta'm.

—Ai, nena —va fer un gest com de criatura rebeca—. No volia fer-li malbé la sorpresa, al teu avi. Li fa tanta il·lusió enviar-te als Estats Units...

—I no se us va acudir preguntar-me si hi vull anar?

—No podia! Llavors no hauria estat cap sorpresa! A més, sincerament, ja m'imaginava que d'entrada no et faria gaire gràcia. Estàs tan obsessionada amb això del teatre que no veus res més!

—Obsessionada? —No m'ho podia creure!— Mare, és la meva vida! Tinc dret a decidir què vull fer-ne!

—Sí, filleta, tens raó, però només a mitges. —Em treuen de polleguera aquestes respostes conciliadores de la mare, com si fos possible fer tothom content.— És la teva vida, d'acord, però també és el banc que va fundar el teu avi. Ell confia en tu, que ets la seva hereva, més que en ningú. No li deus voler donar un disgust, oi que no? Espero que pensis què fas.

—Tinc molt clar quines són les coses importants per a aquesta família: el banc, el banc i el banc!

—Mira, Amaranta —va dir la mare, deixant-me anar les mans i abaixant la veu perquè ningú pogués sentir que m'estava esbroncant—. Ets una desagraïda i una malcriada! El teu avi posa en les teves mans el millor futur que pot voler una persona i tu et permets el luxe de no estar satisfeta! No valores res del que fem per tu. I ara, fes-me el favor de deixar de fer-te la princesa ofesa i ensenya als fotògrafs el teu millor somriure. No els fem esperar més!

«Els fotògrafs», una altra sorpresa molt desagradable. Eren tres reporters gràfics enviats per dues cadenes de televisió molt conegudes i per un diari d'economia. Volien publicar la foto en una d'aquestes seccions de societat tan odioses que diuen coses sobre casaments, festes i bestieses de l'alta societat. Coses, de fet, que no importen a ningú amb dos dits de front. Un avorriment, vaja.

No vaig tenir altre remei que permetre que em convertissin en el centre d'un espectacle horrible. Temo, però, que el somriure em va sortir una mica petrificat, com si ja m'haguessin plastificat i convertit en un tros de revista.

—I ara, camina fins a l'escenari. El teu pare t'hi espera —va anunciar-me la mare, abans d'afegir—: Confio que sabràs comportar-te com cal.

Algú hauria gosat dir alguna cosa, després d'això? Jo no. La mare fa molta por quan s'enfada. Els seus treballadors (que són molts) estarien d'acord amb mi.

L'escenari era una d'aquestes tarimes de fusta mòbils instal·lada al fons del jardí. Els pares havien contractat una empresa d'animació i espectacles. Sobre les taules, amb una mà agafant el micròfon i l'altra a la butxaca dels pantalons, com si ho hagués fet tota la vida, m'esperava el pare. Estava dret dins el cercle de llum d'un gran focus, que l'il·luminava.

—Aquí tenim per fi la protagonista de la festa! —va exclamar en veure'm—. Ja pensàvem que te n'havies anat a dormir, filla meva.

Des de l'escenari vaig provar de veure l'Isma, només per assegurar-me que ja havia descobert qui era, però la vegetació del jardí no em deixava veure la barra de l'altre costat. També vaig buscar l'Olga, sense èxit. Era com si la meva amiga s'hagués fos. Vaig pensar a enviar-li un missatge, però evidentment no era bon moment. Tothom em mirava. Tot plegat em feia posar molt nerviosa.

—Benvinguda, Amaranta —va saludar-me el pare un altre cop—. Per fi ha arribat el gran moment que tots esperàvem. Endevines quin és?

El meu pare va allargar el braç i em va posar el micròfon davant de la boca, com fan els presentadors de la tele quan entrevisten algú. Ho feia amb una naturalitat que em va deixar parada.

—El... pastís? —vaig murmurar amb un fil de veu, mentre em pensava que em moriria de vergonya d'un moment a l'altre.

—Bingo! —va celebrar el pare—. Quina noia més llesta! El pastís! Molt bé! Que entri el pastís!

Van sonar les primeres notes de la cançoneta empipadora —«Moltes felicitats...!»— i tots els convidats van començar a cantar-la. Entre el públic vaig veure l'avi, orgullós. Al seu costat hi havia la mare, amb la figura estilitzada i el pentinat perfecte, movent els llavis com si cantés. Una mica més enllà, el desagradable senyor Farulles i la seva dona grassa, que semblaven dos raps al vapor, devorant canapès com si no haguessin menjat en tota la setmana. Gran part dels convidats no els havia vist mai.

De la caseta dels vigilants del jardí va sortir de sobte un pastís de tres pisos, de xocolata negra i crema (el meu preferit). El portaven sobre un carretó que empenyia la meva amiga Olga amb l'ajuda d'un parell de cambreres. La gent cantava amb moltes ganes (l'Olga, també). Era com tornar a primer de primària. A sobre del pastís cremaven divuit espelmes que tremolaven a cada passa.

—Sisplau, filla —va dir el pare, assenyalant la muntanya de xocolata i crema—, et pots posar al lloc adequat? Hauràs d'apagar les espelmes tu soleta. Estàs a punt?

L'Olga em mirava amb cara de «Tot això és al·lucinant». Els ulls li brillaven com si fos ella la protagonista del moment. Quan va arribar al meu costat em va prémer les mans amb força i em va fer un parell de petons a les galtes abans de dir:

—Per molts anys, bonica.

Li hauria cedit el meu lloc amb molt de gust. Estic segura que ella n'hauria estat encantada.

«El lloc adequat» que deia el pare era just el centre de l'escenari. Vaig posar-me rere el pastís amb l'esperança que em tapés una mica. Tothom em mirava. Amb els nervis, no se'm va acudir cap desig. Vaig tancar els ulls, per fer veure que en pensava un. El cor em bategava més fort que mai. El pare va comptar fins a tres en veu alta. Vaig obrir els ulls i vaig bufar amb totes les meves forces. En la llunyania del jardí vaig veure l'Isma, amb uns ulls com unes taronges. Ja sabia qui era. La filla idiota del banquer.

Tothom m'aplaudia. La mare somreia i rebia les felicitacions dels convidats, com si apagar divuit espelmes fos una cosa heroica. Tenia les galtes vermelles, em cremaven. Només volia baixar d'aquell escenari tan aviat com pogués. Se'm va acostar un desconegut vestit amb un esmòquing i que portava un micròfon a la mà. Era el presentador oficial de la festa. Em va agafar la mà i em va fer una reverència molt ridícula.

—Per molts anys, Amaranta. Ets la més bonica de la nit —em va dir.

Segur que vaig posar-me vermella com un tomàquet. Quina vergonya! Mai no he tingut gaire traça per a aquestes coses. Quan a l'escola demanaven voluntaris, jo era de les que s'amagaven perquè no les escollissin.

—Encara falta una part molt important de la celebració —va afegir el presentador, que devia ser més gran que el meu pare—. Saps de què parlo?

No en tenia ni idea. Quan ets el centre de les mirades no pots pensar bé.

—Falta el regal dels teus pares —va anunciar.

Em va fer por que fos un altre regal enverinat, com allò de la matrícula a la Universitat de Chicago. El que tenia clar era que seria alguna cosa espectacular de debò. Per això havien triat donar-me'l allà, a la vista de tothom. Els meus pares s'ho passen bé impressionant els altres amb aquesta mena de coses.

Vaig mirar el pare. Tenia un somriure una mica babau dibuixat als llavis.

—T'esperes alguna cosa en concret? M'han dit que ets una noia molt llesta. No endevines quina sorpresa t'han preparat? Ho vols intentar? —va preguntar el presentador, que també semblava molt feliç.

Va posar-me un altre cop el micròfon davant de la boca.

—No espero res en concret —vaig fer.

Vaig mentir. De fet, l'única cosa que esperava era que allò acabés d'una vegada.

—D'acord! —va continuar ell—. Llavors, endavant! Vet aquí la sorpresa!

Tothom va quedar en silenci i expectant. Va sonar una botzina. Una, dues, tres vegades. Primer vaig pensar que venia de fora, d'allà on els acampats havien decidit passar la nit. Tot seguit vaig sentir el rugit d'un motor que avançava pel camí de la piscina i vaig veure els llums de dos fars, que s'acostaven. Era un cotxe. Un cotxe esportiu de color vermell brillant. Va fer la seva entrada triomfal a la festa i va aturar-se just davant de l'escenari perquè el poguéssim veure bé. Vaig pensar que el portava l'Artur, el nostre xofer, però em vaig equivocar. Rere el volant anava el Sergi, el meu amic amb aspiracions, que semblava molt orgullós del paper que li havia tocat. Va baixar del cotxe, va fer un somriure d'actor d'anunci de colònia i va acostar-se'm amb les claus a la mà. Me les va deixar al palmell, mentre em feia un petó a la galta i em murmurava a l'orella una frase que devia haver assajat molt (si no és així, ell és incapaç de dir res semblant):

—Feliç aniversari, princesa. M'agradaria passar-los tots al teu costat.

Llavors va explotar l'aplaudiment del públic, com si tots s'haguessin tornat bojos d'alegria perquè els meus pares acabaven de regalar-me un supercotxe esportiu d'últim model i, a més, caríssim.

Vaig sentir que dins la butxaca em vibrava el mòbil per l'entrada d'uns quants missatges. Vaig buscar l'Olga amb la mirada i la vaig trobar amb el seu mòbil, escrivint a tota velocitat. Sabia a qui estava escrivint, és clar. No calia ser gaire llesta per saber-ho.

—Podries dirigir unes paraules als teus convidats, Amaranta? —va preguntar el presentador, allargant un altre cop el micròfon cap a mi—. I digues: què sents ara que tens divuit anys i un Chevrolet Corvette vermell aparcat al davant?

No vaig saber què dir. De sobte només tenia ganes de plorar. L'Olga em mirava com si s'hagués de posar a cridar. El Sergi em mirava com si acabés de passar alguna cosa molt important en les nostres vides. La mare em mirava com si estigués molt emocionada per alguna cosa fonamental. L'avi em mirava com si per fi tot estigués al seu lloc (el lloc que ell havia decidit, és clar). El pare em mirava com si tingués molta son i hagués de quedar-se adormit dret. I la resta dels convidats em miraven com si allò fos el festival d'Eurovisió i jo la nova guanyadora.

Només vaig aconseguir balbotejar una paraula:

—Grà... gràcies —i vaig arrencar a plorar.

Tots van pensar que eren llàgrimes d'emoció i d'alegria.

S'equivocaven. Em sentia més idiota que mai. La filla idiota del banquer. I sospitava que, allà lluny, l'Isma m'estava donant la raó.

Amaranta

ÚLTIM COP AVUI A LES 23.41

Tot i que des del mig de l'escenari no puguis
respondre, només volia dir-te
que encara et falta el meu regal
i que quan el vegis
al·lucinaràs

Llista de coses bones

L'OLGA NO VA PODER DONAR-ME EL SEU REGAL. Quan vaig baixar de l'escenari vaig passar-me més d'una hora fent petons a tothom, i rebent abraçades fins i tot de gent que no coneixia de res. Quan vaig buscar-la no la vaig trobar enlloc i vaig imaginar que se n'havia anat amb el Pau. Vaig alegrar-me molt per ella, tot i que reconec que em va fer una mica d'enveja. Ella podia fugir quan volia i jo m'havia de quedar en aquell infern. Vaig continuar saludant i somrient i petonejant tothom fins que els últims convidats van haver marxat. Va ser com un malson.

Els darrers se'n van anar cap a dos quarts de dues de la matinada. Els guàrdies de seguretat van reforçar la vigilància de l'entrada perquè els manifestants que acampaven fora feien molt de soroll. En veure que hi havia moviment, van agafar les pancartes i de nou van començar a cridar les consignes. Malgrat l'hora i el temps que feia que eren allà, no havien perdut ni una mica d'energia.

La mare va voler que m'acomiadés del senyor Farulles «com Déu mana». Això vol dir que em va tocar somriure i fer-me la simpàtica un cop més amb els devoracanapès, com si fos una amfitriona perfecta. Així que la porta es va tancar per darrer cop, la mare es va treure les sabates i va començar a caminar sobre les restes de la festa mentre deixava anar petits sospirs de plaer.

—Aquests *stiletto* m'estaven matant! —va fer, amb les sabates a la mà, mentre es fregava les plantes dels peus amb la frescor de l'herba—. Ja estàs més tranquil·la, filleta? Ha sigut una nit feliç? T'agrada el teu cotxe nou? —va preguntar, de sobte, posat-me les mans a les galtes.

Massa preguntes juntes per poder aprofundir en les respostes. Només vaig dir:

—És impressionant.

—Ara t'hauràs de treure el permís de conduir. Sobre el teu escriptori t'he deixat el manual de l'autoescola i els llibres de tests, perquè vagis practicant. T'aniria bé fer molts tests, com més, millor, per agafar pràctica. El teu pare vol que et presentis aviat a l'examen. Ah, i ja t'hem matriculat a l'autoescola, també. Pots començar les classes demà mateix, si vols. Tot i que també has d'estudiar a casa, és clar. El millor seria que aprovessis el teòric al juliol i el pràctic a mitjan setembre, abans de marxar a Chicago. M'escoltes, Amaranta?

—Sí —vaig respondre.

Havia seguit atentament tota l'explicació que havia fet, fil per randa, però per desgràcia no va sorprendre'm res del que em va dir. Continuava la planificació de la meva vida per part de tots. Jo no tenia dret a dir res.

—El Sergi quedava molt bé rere el volant, no creus? —va fer la meva mare—. Mentre encara no tinguis el carnet, potser el podries deixar conduir a ell quan sortiu.

—Mare, no comencis un altre cop.

—Per què? No ha passat res que m'hagis d'explicar? —va preguntar, abaixant la veu—. S'ha decidit o no? No em diguis que continuem igual que abans!

—No —vaig contestar, però només era una veritat a mitges.

De fet, el Sergi havia intentat tornar a treure el tema diverses vegades, però jo havia fet l'orni tota la nit. Esperava que fer servir una estratègia diferent tindria més bons resultats que el darrer cop.

—Déu meu, aquest noi és un estaquirot! —va saltar la mare—, hauré de parlar un altre cop amb la seva mare, a veure si el desperta.

Anava a dir-li que tots plegats deixessin de ficar-se a la meva vida quan vaig adonar-me que la mare havia decidit acabar la conversa. Caminava cap al vestíbul, amb el vestit en una mà i les sabates assassines a l'altra. L'Olga havia desaparegut feia hores (i el cotxe del Pau, també) i vaig imaginar que no era bon moment per telefonar-li i explicar-li com n'estava, d'atabalada. Vaig mirar de trobar l'Isma, però tampoc no hi era. Vaig decidir que el millor que podia fer era anar-me'n al llit. Vaig donar un darrer cop d'ull al cotxe, que em semblava tan irreal com un miratge, i vaig pujar l'escala. Necessitava desfer-me com fos del pentinat, el maquillatge, les sabates, arraulir-me sota el cobrellit i oblidar-me d'aquella nit horrorosa. Al matí ja pensaria en tot el que m'estava passant. Necessitava donar permís al meu cervell per desconnectar.

Vaig prendre una dutxa calenta, vaig posar-me un pijama net, vaig abaixar la persiana i vaig ficar-me al llit. En aquells moments només pensava a dormir fins a la tarda de l'endemà, sense que ningú vingués a molestar-me. Estava morta de cansament. De fora encara m'arribava la fressa dels treballadors del càtering que ho recollien tot. Encara els quedava molta feina per fer.

De sobte vaig notar una cosa sota el meu coixí. Un paquet petit, embolicat amb paper de color rosa, al costat d'una nota que deia: «No podia deixar que te n'anessis a dormir sense donar-te el meu regal. Feliç aniversari, preciosa. Olga».

Vaig estripar el paper molt de pressa. Sabia què era. M'ho imaginava. Volia que fos allò que m'imaginava. I ho vaig encertar! Vet-les aquí! Unes arracades de plata que semblaven dues maduixes. Les havíem vist juntes feia un parell de setmanes, mentre passejàvem pel centre comercial, i jo vaig dir a la meva amiga que m'agradaven molt. També li vaig dir que no me les volia comprar perquè aquestes coses te les ha de regalar alguna persona especial. Tants dies després, el més normal era que se n'hagués oblidat.

Me les vaig posar i em van fer sentir millor. Feliç que algú hagués pensat en mi, en els meus gustos i en la meva manera de ser abans de triar un regal per a mi. Algú havia creuat mitja ciutat per comprar una cosa que jo volia i ni per un segon havia pensat en ella mateixa o en les aparences. Només en mi, en la seva amiga. L'Olga és fantàstica!

Vaig escriure un missatge breu. Allò que havia de dir-li necessitava molt poques paraules.

«Gràcies. Ets el millor que tinc».

Vaig tapar-me amb la flassada i vaig tancar els ulls. De sobte estava molt més relaxada. La mare sempre diu que tinc una gran habilitat per ser feliç passi el que passi. També diu que això és una sort. De fet, tinc la meva pròpia tècnica, tot i que mai no l'he explicat a ningú.

Voleu saber què faig per desconnectar i sentir-me bé, encara que hagi tingut un dia horrorós?

M'estiro al llit mirant de trobar una postura còmoda. Tanco els ulls una estona i penso en cinc coses boniques que m'hagin passat durant el dia. Les ordeno en una llista dins del meu cap, començant per la més bona. És curiós adonar-se que fins i tot en els dies horribles passen coses bones.

Aquesta va ser la meva llista d'aquella nit:

1. El regal de l'Olga. La seva manera de deixar-lo amagat sota el coixí. La nota. El millor del meu divuitè aniversari, sens dubte!

2. El riure prohibit de l'Isma, el cambrer. Llàstima no haver pogut parlar amb ell una mica més.

3. Tinc divuit anys! Ja sóc major d'edat!

4. ...

Ah, m'havia oblidat de dir-vos que gairebé mai aconsegueixo arribar al final de la llista. Normalment, m'adormo abans. Si aquella nit hagués continuat, crec que m'hauria costat molt trobar la quarta i la cinquena coses. Però, per sort, em vaig adormir.

La meva llista de coses bones no falla mai, ja us ho he dit.

El fred dels malsons

JA GAIREBÉ M'HAVIA ADORMIT QUAN VA tornar a passar.

L'escletxa.

El rostre desencaixat i els ulls fora de les òrbites. La mateixa dona de l'altra vegada.

Va ser només un segon, però va ser terrorífic.

En vaig tenir prou, però, per sentir una tristor enorme. Una tristor que res ni ningú podia curar i per a la qual calia buscar un remei.

No vaig entendre-ho. Em va saber molt greu. Això és tot.

Aquesta vegada vaig veure-li millor els cabells arrissats i llargs, una mica despentinats. I em va tornar a semblar que parlava sense sons ni paraules.

Un altre cop vaig sentir aquell fred que no passa amb res. El fred de la por.

El cor em bategava a les temples i al coll quan vaig obrir els ulls i em vaig llevar.

Durant un instant, potser només unes dècimes de segon, em va semblar que la seva cara continuava allà, al món real. Em va semblar que havia passat per l'escletxa, com una figura de fum que triga un moment a deixar-se arrossegar pel vent.

I la tristesa. La tristesa com un oceà que també continuava allà. No era meva, o no només meva. No sabia a qui pertanyia.

Qui era aquella dona estranya que no em deixava dormir, i com podia saber-ho?

Tremolava de fred, o potser de por.

Vaig sortir del llit, vaig apujar la persiana del balcó. De sobte necessitava veure el món real, necessitava una mica de claror. El jardí encara estava tot il·luminat. Vaig adonar-me que els operaris no havien marxat i que continuaven fent feina. Em va agradar trobar-los-hi, no em vaig sentir tan sola. Vaig quedar-me una bona estona observant, mentre el cor se'm tranquil·litzava de mica en mica. La por encara continuava. Sense saber per què, tremolava només de recordar la cara d'aquella dona. No tenia cap intenció de tornar al llit, tot i que estava molt i molt cansada. Prendre una mica l'aire m'aniria bé. Vaig sortir al balcó. Llavors vaig veure l'Isma. S'havia tret l'esmòquing negre d'abans i ara portava uns texans i una samarreta ajustada. Estava molt més guapo vestit així que no pas amb la roba de la feina. Amuntegava caixes de begudes i les anava carregant en una furgoneta.

Vaig mirar la pantalla del meu telèfon: no hi havia notícies de l'Olga.

Vaig posar-me una dessuadora gegant i vella a sobre del pijama i vaig decidir sortir a fer un tomb.

Estava segura que una passejada nocturna em relaxaria. I encara més, tenia clar que reprendre la conversa amb l'Isma seria el millor antídot contra els meus malsons.

Un amagatall de vuitanta-mil euros

FEIA UNA BONA ESTONA QUE EM MIRAVA l'Isma amagada rere un arbre. Recollia les ampolles buides, les ficava en caixes i les carregava dins la furgoneta. Treballava tan concentrat que ni tan sols es va adonar que jo era allà. Fins que vaig dir:

—Hola.

Va fer un bot, espantat. Era clar que no s'esperava que hi hagués algú darrere l'arbre. Se'm va escapar el riure.

—Perdona. No volia espantar-te —li vaig dir.

—Estava distret —va respondre, dissimulant—. No és molt tard per estar desperta?

—No podia dormir.

—No m'estranya. Deu haver estat una nit molt emocionant. —Va somriure, i de nou em va ensenyar dues fileres de dents perfectes. També tenia uns ulls molt bonics.

Li quedaven moltes caixes per carregar.

—Va, t'ajudo.

Em vaig acostar i vaig agafar una caixa.

—No, no! És clar que no!

—Per què no?

—No està bé.

—Va, deixa'm!

El vaig apartar d'una empenta, vaig agafar una caixa d'ampolles buides i la vaig ficar dins la furgoneta. De sobte va empal·lidir.

—Sisplau, pari! Estigui quieta!

Vaig parar de cop. El vaig mirar arrufant les celles.

—El teu cap encara és per aquí?

—Haha! És clar que no! Ell sempre és el primer a marxar.

—Doncs llavors per què em continues parlant de vostè? Sembles el personatge d'una novel·la antiga.

—Perquè és el més correcte.

—El més correcte per què?

—Perquè vostè és la filla dels que m'han contractat.

—La filla idiota del banquer, oi?

—Jo no ho he dit, això.

—És clar que no. Ho he dit jo. Però tu abans hi estaves d'acord.

—Abans no sabia amb qui estava parlant.

—I saber-ho canvia les coses?

—Sí, per descomptat.

—Tanta por et fan els meus pares?

—Doncs una mica sí.

—I jo? Jo també et faig por?

—No. —Un altre somriure ple d'encant, acompanyat aquest cop d'una mirada fugissera, que començava a ser de vergonya.— Més aviat tot el contrari.

—Què és, segons tu, el contrari de la por?

—És millor que calli.

—No! Sisplau! Digues!

Va començar a revisar les ampolles de les caixes, a canviar-les de lloc. Es movia com un d'aquests actors que miren d'omplir amb gestos sense sentit una escena en què parla un altre personatge.

—Què passa? —vaig insistir—. Et fa vergonya?

—Hi ha fronteres que no s'han de traspassar mai.

—Qui diu aquesta bestiesa?

—No és una bestiesa. Jo penso que és un bon consell.

—Totes les fronteres són una bestiesa.

—Seria fantàstic que tothom pensés així.

—Començo a pensar que l'idiota ets tu, Isma. Aparta't.

Jo havia agafat una altra caixa i la volia posar al seu lloc, al costat de les altres dins la furgoneta.

—Sisplau, no... Deixi això. Aquesta feina no fa per...

—Deixa'm! —Una altra empenta.— En comptes de protestar, ajuda'm, home.

Em mirava bocabadat. Després de l'ensurt del començament i del que va venir després (l'ensurt de parlar amb la filla del meu pare, com li passa a tanta gent), va arribar el desconcert. Em mirava sense saber què fer, com si jo fos una alienígena.

Em penso que va decidir rendir-se, va donar un cop d'ull als voltants, per veure que ningú no ens estava espiant i va començar altre cop a carregar caixes. Entre tots dos, vam acabar en un moment.

—Què més hem de fer? —vaig preguntar.

—Res més. Amb això ja he acabat.

—Has acabat de treballar?

—Sí.

—Perfecte! Doncs anem a fer una volta!

—No puc. Si em descobreixen aquí, em despatxaran.

—I si no et descobreixen?

Em va mirar en silenci. Tenia una brillantor interessant als ulls. Com del nen que pensa a fer una malifeta.

—Vine amb mi —vaig dir, anant cap al fons del jardí.

Ell em va seguir, amb una expressió com de no voler ferho, tot i que en el fons jo sabia que era més aviat tot el contrari. I em penso que ell sabia que jo sabia que ho volia fer. Un embolic que segur que enteneu.

Allà on unes quantes hores abans hi havia hagut l'escenari ja només hi quedava una ombra fosca dibuixada a terra. El Chevrolet Corvette encara era allà, molt quiet, presumit com un gall dindi. I jo portava les claus a la butxaca. Per descomptat, era un d'aquells clauers que es poden accionar a distància. El cotxe ens va rebre amb llampecs de llums de color taronja.

—Puja al seient del conductor —li vaig dir.

—No, no, no... no puc.

—I això per què?

—Perquè no està bé. Què diria el seu nòvio?

—Quin nòvio?

—Durant la festa l'he vist amb un noi mig ros que...

—El Sergi? No és el meu nòvio! És un amic i res més.

—Doncs jo em penso que ell voldria ser alguna cosa més.

—Potser sí, però per ser nòvios cal que ho vulguin tots dos, no creus?

Va callar. Va donar-me la raó amb un somriure.

—Puges o no? —vaig insistir—. No t'agraden els cotxes?

—M'encanten!

—Doncs no siguis ruc. Agafa el volant. Tranquil, que no anirem enlloc. Només és un amagatall. Perquè no ens trobin, ni a tu ni a mi.

—Un amagatall de vuitanta-mil euros... —va dir ell.

—Veus? Així, almenys, serveixen d'alguna cosa.

Vam pujar-hi. Esbatanava els ulls. Ho mirava tot embadalit, intentava dissimular, però no ho aconseguia. N'hi vaig donar les claus.

—Posa-les al contacte —li vaig demanar.

Es van encendre tantes llums del cotxe que semblava Nadal. L'Isma no sabia on mirar.

—Que sabries connectar la ràdio? —li vaig preguntar

després de dos intents inútils de trobar el botó que tocava.

—Ho provaré...

Va manipular la pantalla tàctil i la música va començar a sonar com per art de màgia. Va sintonitzar una d'aquestes emissores que emeten vint-i-quatre hores de cançons tranquil·les i passades de moda. Va apujar una mica el volum. Va recolzar el cap, va tancar els ulls.

Vaig aprofitar per mirar-me'l bé. El trobava guapíssim.

—M'agrada molt aquesta cançó —va murmurar.

Sonava «Bohemian Rhapsody», de Queen, una cançó que a mi sempre m'ha semblat genial i que, en canvi, l'Olga no suporta. La coincidència en els gustos musicals em va agradar molt.

—No conec ningú a qui li agradi —vaig dir.

—Els Queen són genials. Quina llàstima que Freddie Mercury morís tan jove. No hi va haver cap altre cantant com ell, ni als vuitanta ni als noranta. —Jo no sóc cap especialista en música (ni en res). Ni tan sols sabia com es deia el cantant de Queen i encara menys que s'havia mort. L'Isma va continuar:— Quina cançó t'agrada més d'ells?

Em vaig sentir malament. Com quan en un examen et toca justament el tema que no t'has estudiat. Vaig improvisar una resposta que valia per a qualsevol pregunta.

—No m'acabo de decidir...

—No m'estranya. N'hi ha tantes de fantàstiques, oi? —va estar d'acord l'Isma—. A mi m'agrada molt una que no és gaire coneguda, «Lazing On a Sunday Afternoon». La coneixes?

Vaig pensar-ho un moment. De fet, no havia de pensar gaire. No en tenia ni idea.

—És clar que sí —vaig mentir, per fer-me la interessant.

—Però la meva preferida de debò no és de Queen, sinó

de Freddie Mercury en solitari. «I Was Born To Love You». És una mica cursi, ja ho sé.

—La conec! —vaig saltar, contenta que aquest cop fos veritat—. És preciosa! A mi no em sembla gens cursi.

—Tens raó, és la cançó més bonica que s'ha escrit mai —va exclamar, exaltat—. *Vaig néixer per estimar-te amb cada batec del meu cor. Vaig néixer per cuidar-te cada dia de la meva vida.* Quina sort inspirar alguna cosa així, no creus?

Em semblava preciós, i tant. I molt, molt perillós. Si continuàvem parlant d'amor per a tota la vida, no trigaria a enamorar-me de l'Isma sense remei. Vaig decidir canviar de tema per evitar riscos.

—Com és que en saps tant, de música? Ets músic o alguna cosa així?

—Músic? Ha, ha, ha. Faig cara de músic?

—No ho sé.

—No. Sóc cuiner.

Vaja, quina sorpresa.

—Cuiner?

—Bé, ara per ara només aprenent. Encara estic estudiant. Si tot va bé, al setembre podria començar les pràctiques.

—On?

—A l'empresa que aquesta nit ha servit el sopar de la festa.

—Això és fantàstic!

—Ho és, perquè és una empresa molt coneguda. És una sort que et seleccionin per treballar amb ells. Hi ha una llista impressionant de gent que voldria que li toqués. He de fer mèrits i ser el millor.

—Per això treballes de cambrer?

—Per això treballo de qualsevol cosa que em demanin, encara que no m'agradi gens, com les festes privades.

—Suposo que la teva família deu estar molt satisfeta que tinguis feina.

—És clar que sí, estan contents.

Va mirar-me com si encara no m'hagués vist. Em va semblar que aquella pregunta tenia moltes respostes possibles, però només n'havia triat una. No va dir res. Només va tancar els ulls i va repenjar el cap al seient.

Just en aquell moment va començar a sonar una altra cançó. Cap dels dos no ens havíem adonat que el programa era un especial dedicat a Freddie Mercury. Encara que sembli molta coincidència, van començar a sonar els primers acords de «I Was Born To Love You». Va ser màgic. Una mena de senyal, que tots dos vam saber reconèixer.

—Per fi et relaxes —vaig dir.

—Aquí dins les coses semblen molt fàcils —va murmurar, tancant els ulls un altre cop.

—No te'n refiïs. Aquí dins les coses són complicades, com a tot arreu. Per començar: no sé com funciona res de tot això. —Vaig assenyalar els llums i els botons.— I encara pitjor, em penso que no n'aprendré mai.

Va somriure per dir:

—En sabràs. Sembles una noia molt llesta.

—Un moment! Quan has començar a tutejar-me?

—Fa dues frases.

—Miracle! Ha estat per culpa del cotxe?

—Potser sí. Aquí dins és més fàcil oblidar-se de tot.

—Ah, sí? I per què?

—Jutja per tu mateixa. —Agafava el volant amb molta seguretat, amb totes dues mans.— Veient-me aquí diries que tinc cap problema?

—No t'entenc. Creus que amb un cotxe així ja ets feliç per força?

—Tu no ho creus?

—És clar que no. Un cotxe només és una cosa.

—Una cosa impressionant!

—D'acord. Però les coses són això... Coses i prou. La felicitat depèn d'altres ingredients més importants.

—Com ara...?

—De veritat que no saps què és fonamental de debò?

Em va mirar tancant una mica els ulls.

—En tinc alguna sospita. Sé el que és fonamental per a mi.

—A veure, digues.

—Com?

—Digues què és el més important per a tu.

—És evident: la meva família, el seu benestar, tenir feina, aspiracions, aconseguir algun dels meus somnis...

—I per a mi? Quines coses creus que són les més importants per a mi?

Un silenci molt llarg va infiltrar-se en la conversa. Em mirava com si li hagués fet una pregunta molt difícil.

—No en tinc ni idea.

—Tan estranya et penses que sóc?

—No és això. Fa la sensació que tu tens tot allò que vols, que no et falta de res.

—De debò? Doncs estàs molt equivocat!

—Els teus pares són molt rics.

—És veritat, però digue'm una cosa. Tu vols les mateixes coses que volen els teus pares?

—No. —S'ho va pensar amb calma i va afegir:— Per descomptat que no.

—I per què creus que jo sí?

Va riure, una mica inquiet. Se li marcava la nou del coll. Vaig adonar-me que les mans li tremolaven una mica.

—Estàs nerviós? —vaig preguntar.

—Una mica.

—Pel cotxe?

—No. No és pel cotxe. —Em va mirar amb una cara molt seriosa.

—Llavors, què és? —vaig preguntar. Coneixia la resposta, però volia sentir-la dels seus llavis.

Sí, sí, ja sé què penseu: que totes les noies som iguals i bestieses per l'estil. Bé, potser en algunes circumstàncies som una mica semblants, però la veritat és que m'importa un rave.

—Tant és. —Va remenar el cap, com si volgués allunyar algun pensament molest.— M'anaves a dir les coses que de debò són importants per a tu.

—T'anava a parlar dels meus somnis impossibles. —Va obrir molt els ulls.— T'estranya que en tingui?

—Doncs sí —va reconèixer.

—Això és perquè penses que tot es pot comprar amb diners. Estàs molt equivocat, saps? Hi ha coses que no estan a la venda. Per exemple: que els altres et valorin pel que ets i no per allò que volen que siguis. Ho havies pensat mai?

—No.

—Que et permetin ser allò que vulguis ser. Que t'ajudin a aconseguir-ho, per difícil o estrany que sembli. Digue'm una cosa: la teva família t'ajuda en les teves aspiracions?

Arrufava les celles mentre m'escoltava amb molta atenció.

—Hi ha alguna cosa que t'agradaria ser i no...? —va preguntar, molt sorprès.

—Això ara tant se val. —Vaig apartar la idea amb un gest, no tenia ganes de parlar-ne.— Digues: la teva família et respecta tal com ets..?

—Sí... Jo diria que sí.

—Llavors ets molt més ric que jo.

—Tot i que són una mica lluny.

—Les distàncies més impossibles de salvar mai no són geogràfiques.

—Què vols dir?

—Que pots viure a la mateixa casa amb algú i en canvi sentir-t'hi a anys llum de distància.

—Ets tota una filòsofa, Mara. Estic molt sorprès.

—Els teus pares s'estimen?

—Em sembla que sí. Mai no els ho he preguntat. Fas unes preguntes molt difícils.

—Ja ho sé. Sempre estic buscant respostes impossibles.

—I els teus? T'estimen?

—Cada dia m'ho pregunto. I no ho sé. Això em fa posar molt trista. M'agradaria molt poder estar tan segura com tu.

—Per què m'expliques tot això?

—Perquè no et conec de res.

—Com? Dius coses que em costen d'entendre. Els secrets no són per als amics?

—De cap manera! Els estranys no et jutgen. Els més propers no acostumen a acceptar la veritat tal com és.

—Ets una persona diferent, saps? —va murmurar.

—Ho dius com una cosa bona o dolenta?

—És un elogi. No t'assembles gens a la imatge que tothom té de tu.

—Ja m'ho imaginava. I quina de les dues és millor? La d'abans o la d'ara?

—M'agrada més la real. Ets al·lucinant, Mara.

Em penso que vaig començar a posar-me vermella. Com que no volia que m'ho notés, em vaig posar a parlar. És un truc que no falla mai.

—Mira, sé prou bé com em veuen els altres des de fora. Tothom pensa que em coneix només perquè sóc la filla dels meus pares. Però els famosos són ells, el David i la Diana. Jo només importo perquè sóc filla dels banquers més poderosos i més mediàtics del país. Tothom em fa la rosca, m'envien regals, em donen la raó com a una idiota o senzillament em jutgen sense saber res de mi (com tu fa una estona, per cert...), però de fet no em coneixen. Gairebé ningú no em coneix de debò, ni tan sols els meus pares. Ells, menys que ningú! Molta gent es pensa que si vull alguna cosa que no tinc és perquè sóc una nena rica i malcriada. Tu també ho penses, admet-ho.

—Ho pensava —va reconèixer—. Però ara ja no.

—Per exemple —vaig continuar—, aquest cotxe. Com pot ser que vulgui cap altra cosa, si tinc un... un...? Un...? Quina marca és?

L'Isma es va posar a riure. Jo també.

—Un Chevrolet Corvette! Te n'hauries de recordar. Imagina't que no recordes on l'has aparcat i has de demanar ajuda. Què faries?

—Trucar l'Isma perquè m'expliqui com és el meu cotxe. Ho hauries de deixar tot i venir corrents a ajudar-me. Ho faries?

—Segur que sí.

Vaig adonar-me que ho deia amb molta seguretat. Em va agradar molt.

—A més, de moment no penso aparcar-lo ni res de res. Vols que t'expliqui què és el més absurd de tot? —Va fer que sí amb el cap, em vaig posar a riure.— No tinc carnet! Tinc un supercotxàs impressionant que no volia i que no sé ni de quina marca és i ni tan sols tinc carnet de conduir!

Llavors em va agafar un atac de riure d'aquells meus. Em

passa de tant en tant: començo a riure i no sé parar. La meva mare es posa molt nerviosa, perquè diu que una noia ben educada mai no pot perdre el control d'aquesta manera. Però jo no ho puc evitar. Com més penso què he dit, més ric, i com més ric, més ganes de riure em vénen. És un no parar.

Riure és de les coses més encomanadisses del món, oi? Només un segon més tard, l'Isma reia tant com jo. L'escena devia ser ben curiosa, vista des de fora: la reina de la festa en pijama i dessuadora gegant i el cambrer amb roba de carrer, tots dos petant-se de riure dins d'un cotxe de luxe a les quatre de la matinada. Devia semblar que ens faltava un bull. O que érem amics des de feia molt de temps. Amics o potser alguna cosa més. De vegades la veritat és el que més costa de creure.

Tot això devia pensar el Sergi quan va trobar-nos. I segurament ho va seguir pensant mentre clavava cops al vidre de la finestra del cotxe amb la mà, i mentre aturava el nostre atac de riure amb una mirada carregada d'odi cap a l'Isma, i també mentre l'Isma apagava la ràdio i li tornava la mirada com si li donés la raó. Els ulls del Sergi eren plens d'incredulitat. Va arronsar-se d'espatlles, com preguntant: «I aquest qui és?» o «Tu què fas aquí amb aquest?» o «Aquest què fa assegut al seient del conductor?» o potser «Com és que amb mi mai no rius d'aquesta manera?».

La merda i les roses

—EM PENSAVA QUE JA TE N'HAVIES ANAT —vaig dir al Sergi així que vaig trobar el botó per abaixar el vidre.

—Doncs ja veus que no —va fer ell, tan seriós que fins i tot feia una mica de por.

—Vols pujar?

—M'estimaria més que baixés ell. —Amb els ulls va assenyalar l'Isma. Les ninetes li brillaven d'un odi que no vaig reconèixer.

—Va, tio, no t'enfadis —va fer l'Isma, amable, com per treure importància a la qüestió—. De fet, ja me n'anava.

—Per què? Queda't —li vaig demanar.

—M'agradaria molt. —Una mirada esbiaixada cap al Sergi furiós.— Però val més que no. Em penso que vosaltres heu de parlar.

—De què? —vaig abaixar la veu, perquè el Sergi no em sentís—. Ja t'he dit que el Sergi no és el meu nòvio ni res.

—Mira, no n'he de fer res, jo, de les vostres coses. —L'Isma em va agafar la mà suaument i m'hi va fer un petó que va deixar-me sense paraules. Després va afegir:— Si em necessites per buscar on has aparcat el cotxe, sisplau, truca'm. Gràcies per deixar-me descobrir com ets en realitat, princesa. El cotxe és gairebé tan bonic com tu.

—De debò no pots quedar-te una estona més? —vaig insistir perquè no podia suportar la idea que marxés.

—No puc. M'hi estic jugant la feina.

Va obrir la porta, la va tancar amb molta cura i se'n va anar cap a la foscor del camí. El vaig observar fins que el vaig perdre de vista, mentre el Sergi em mirava amb una expressió d'impotència, o potser de ràbia.

—Puc pujar? —va preguntar.

—Val més que no —vaig respondre, amb una volguda rotunditat—. És molt tard i m'agradaria anar-me'n a dormir.

—Aquest era el cambrer, oi? —va preguntar, assenyalant el camí per on l'Isma acabava de marxar.

—Sí.

—T'has enrotllat amb ell? —va dir amb una incredulitat que en realitat era repugnància. Com si trobés horrorós que jo hagués fet una cosa així.

No em donava la gana donar-li explicacions. Em molestava la seva pregunta, i encara més el to amb què l'havia fet.

—No t'he d'explicar res.

Va començar a cridar.

—T'has enrotllat amb el cambrer? —Als llavis se li dibuixava una ganyota fastigosa.

—No és cosa teva, Sergi.

—Però... Però... Com pot ser? No tens ulls a la cara o què? És un moro!

No em podia creure el que havia sentit! La ràbia va fer que el cor em comencés a anar a mil per hora.

—A mi m'és igual on hagi nascut. Les persones som totes iguals —vaig contestar, fent un esforç enorme per no insultar-lo.

Va contraure els llavis en un somriure horrible de superioritat.

—Ho dius de debò?

—Per descomptat que sí.

—Jo no sóc com aquest —va dir, amb menyspreu.

—Ja ho veig.

Vaig fer mitja volta i vaig anar cap a casa. Ell em va seguir, esbufegant com un animal, mentre mirava de trobar alguna cosa a dir. Em penso que ell també feia esforços per contenir-se. Tot i que s'hauria d'haver esforçat més.

—Saps on t'estàs ficant, Mara? —va preguntar—. Aquesta gent té uns costums molt diferents dels nostres. Sabies que per a ells les dones no valen res? Això és el que vols? Embolicar-te amb un paio que et tracti pitjor que a una cosa?

—Sergi, t'estàs passant.

—Que menteixo, potser?

—Només dius bestieses. Parlen els teus prejudicis.

—És que no puc creure que hagis caigut tan baix! —I es va aturar, com si em deixés per impossible.

«Millor per a mi», vaig dir-me. Però no havia tingut en compte el seu orgull. Era incapaç de deixar-me marxar sense etzibar alguna de les seves frases terribles, com si interpretéssim el final d'una tragèdia clàssica.

—No ho hauria dit mai de tu, Mara! T'estimes més la merda que les roses!

Amb molt de gust li hauria clavat una bufetada, però llavors m'hauria posat al seu nivell. Vaig estimar-me més comportar-me d'una manera més normal. Vaig respirar fondo, vaig fer veure que estava molt calmada i ni tan sols vaig alçar la veu per dir:

—No calia que tornessis per insultar els meus amics. I a mi, de retruc.

Vaig marxar per no sentir-lo. No tenia ganes de discutir, només volia tornar al llit. Era millor mirar de parlar amb ell un altre dia, quan li hagués passat la ràbia.

El Sergi no és d'aquesta mena de persones que et deixa dir l'última paraula en una discussió. Si més no quan està tan emprenyat. Abans d'arribar a l'escala el vaig sentir pronunciar unes quantes paraules més, tan dramàtiques i terribles com les d'abans.

—Te'n penediràs, Amaranta.

No vaig dir res. Ni tan sols em vaig aturar. No valia la pena.

Fins a aquell dia, ningú de la meva edat m'havia dit mai Amaranta.

Les idees ridícules

NO SÉ PAS COM VAIG ACONSEGUIR ADORMIR-ME. Suposo que estava esgotada. Hauria d'haver pensat que no seria una nit tranquil·la.

Així que vaig apagar el llum vaig adonar-me que no estava sola.

Va ser un pressentiment, una intuïció. Com quan saps que algú et mira abans de girar-te i veure un parell d'ulls que et vigilen.

D'alguna manera, ja ho sabia.

Sabia que ella encara era allà. Que m'estava esperant.

Pòmuls molt marcats, ulls fora de les òrbites, cabells llargs i arrissats, abundosos, una mica despentinats. Dins dels seus ulls hi havia un oceà de tristesa.

—Amaranta! —va dir, com si pensés donar-me ordres.

Va ser la primera vegada que li vaig sentir la veu.

Em vaig despertar morta de por.

En aquell moment va il·luminar-se la pantalla del mòbil.

Vaig pensar: «És ella. La dona dels malsons ha trobat la manera de traspassar la barrera que separa els morts dels vius».

Per què vaig pensar precisament això? Els morts, els vius? Com sabia que la dona dels somnis era morta? M'ho havia dit algú?

De fet, la por té el poder de ressuscitar els fantasmes.

I també de fer-nos creure coses absurdes, com ara que algú ens persegueix mentre dormim, o que ens envia missatges des d'un altre món. Tot i que de vegades la por també té raó, per molt que ens neguem a reconèixer-ho.

La felicitat de l'Olga

EL MISSATGE ERA DE L'OLGA. LLARGUÍSSIM:

«Mara, ja sé que és molt tard i que abans no t'he contestat els missatges, però si no t'explico què m'ha passat em penso que explotaré. El Pau és... El Pau és... Merda! Per què no hi ha paraules que serveixin per explicar allò que sents quan de debò ho necessites? Per què ningú no inventa les expressions que calen? Ara mateix estic eufòrica, com si m'hagués pres set coca-coles. No puc dormir ni menjar ni res de res. No sé per què, però em vénen ganes de plorar. Aquesta nit és la més feliç de la meva vida! El Pau m'ha portat a casa, m'ha fet un petó als llavis i m'ha dit que està enamorat de mi. Encara no sé si estic somiant o què! No entenc què em passa. No em reconec. Segur que sóc jo la que ha pujat l'escala? Segur que és veritat, tot plegat? Necessito parlar amb tu, Mara. No sé com m'ho faré per esperar que et llevis. He d'explicar-t'ho tot-tot. Tant de bo fossis aquí al meu costat. Necessito la meva millor amiga. Més que mai».

Vaig marcar el seu número sense esperar ni un segon. Va despenjar al primer truc.

—Cuca! —va dir—. Estaves desperta?

—És una llarga història —vaig fer jo.

—Has llegit el meu missatge?

—És clar, bleda, per això et truco.

—Llavors ja ho saps tot.

—Sí, i me n'alegro molt per tu.

—Encara no crec que sigui veritat. El Pau és tan... tan... és perfecte.

Ja us podeu imaginar com vaig passar els cinquanta-quatre minuts següents: agafada al telèfon, contestant amb monosíl·labs i parlant molt baixet per no despertar ningú. Mentrestant, la meva amiga gastava tots els adjectius del diccionari per explicar-me com era el noi dels seus somnis: com feia els petons, què li havia dit, com se l'havia mirat i tot això. Estava histèrica, encara no s'acabava de creure que la seva història d'amor impossible hagués trobat (per fi) un final feliç. Només parlava i parlava i parlava... molt atabalada, molt contenta.

Per descomptat, m'hauria agradat molt explicar-li com em sentia. Dir-li que en només unes hores tots els meus somnis se n'havien anat en orris. Que ja no podia matricular-me a l'Institut del Teatre ni podia estudiar art dramàtic i, encara menys, que no dirigiria mai cap obra, perquè la meva família acabava de decidir per mi tot el meu futur.

No li vaig dir res per dos motius. El primer, perquè la conec molt bé i ja m'imaginava la seva resposta.

«Mara, reina, no facis aquesta cara! Has de veure la part bona de les coses. Sempre seràs a temps d'estudiar teatre, oi? Ja m'agradaria que els meus pares em paguessin un viatge, un pis i una carrera als Estats Units. Però si és al·lucinant! Coneixeràs un munt de fills de milionaris! I potser enmig de tots aquests caparrons privilegiats en trobis un de guapo! Em convidaràs a fer-te una visita? Va, que fas una cara que sembla que en comptes d'un regal t'hagi caigut una sentència de mort».

De vegades és molt divertit que l'Olga mai no estigui d'acord amb mi. Aquella nit no em vaig veure amb cor de suportar-ho.

El segon motiu era perquè estava molt contenta que fos feliç. Feia més de dos anys que estava enamorada del Pau. Més de dos anys que interpretava el paper de la seva millor amiga, la que no falla mai. En tot aquest temps, el Pau havia tingut una altra nòvia, però ella havia sabut esperar (i de vegades ho havia passat molt malament). Havia patit, a estones. Havia perdut l'esperança més d'un cop. Però en aquest moment la victòria era seva i només seva. Se la mereixia més que ningú.

Mentre l'escoltava, vaig oblidar els meus malsons i vaig ser molt i molt feliç per ella.

Tipus test

AL MATÍ, DE LA FESTA NO QUEDAVA NI RASTRE. Un equip de neteja que semblava un exèrcit s'havia encarregat de deixar el jardí com si res no hagués passat. Vaig sortir al balcó per mirar més enllà dels murs de casa nostra, cap al lloc on estaven els acampats que protestaven per les polítiques de BancaWorld. No hi havia ningú.

En aquell moment vaig adonar-me que el meu cotxe nou s'acostava pel camí. L'Artur el portava al garatge, perquè no s'embrutés. El va aparcar al costat dels altres cotxes. Segur que el meu pare li havia demanat que ho fes, ja que la seva propietària legítima estava tan atabalada que no podia ni engegar-ne la ràdio. A casa tot semblava normal. Un dia qualsevol.

Al damunt del meu escriptori hi havia un llibre amb els tests de l'autoescola. Vaig mirar-lo sense gaire esma. Em vaig aturar en una pregunta qualsevol, escollida a l'atzar:

A quina velocitat màxima es pot circular amb un turisme per una autovia?
100 km/h
110 km/h
120 km/h

Vaig tancar el llibre. No ho volia saber. A més, la pregunta no tenia ni cap ni peus i, a més, estava mal formulada. Hauria estat més bé una cosa així:

A quina velocitat màxima pot circular la filla del president de BancaWorld amb el seu cotxe nou, esportiu i exageradament car per una autovia?
240 km/h
A la que li doni la gana perquè el papà pagarà totes les multes i subornarà qui calgui.
A la que circularia el cotxe normal que a ella li agrada i que hauria escollit si l'hi haguessin deixat.

Aquell manual era una bestiesa que no pensava estudiar-me. Tampoc no tenia cap intenció de presentar-me a l'examen de conduir. M'estimava més anar amb bicicleta que seure al volant d'aquell cotxe que no em semblava meu.

Alguna cosa em feia sospitar, però, que ho hauria de fer igualment. Era una de les tantes coses que els altres havien decidit.

La Fernanda era a la cuina, com sempre. Vaig sentir com la mare li donava instruccions abans de marxar cap al club de tennis. Com cada dijous, tenia entrenament.

Vaig aparèixer just a temps de preguntar-li una cosa abans no se n'anés:

—Mare, tu saps com es diu l'empresa que ahir va servir el càtering?

Si li hagués preguntat el pes atòmic de l'estronci la mare no m'hauria mirat de manera gaire diferent.

—No en tinc ni idea, reina. Per què ho vols saber?

—De fet, tant és —vaig dir, per no despertar sospites.

—Estava tot boníssim, oi? —va preguntar—. No sé quina empresa era, però s'ha de reconèixer que ho van fer molt bé. Els contractarem alguna altra vegada, d'acord?

—Sí.

Com sempre, la mare no va entendre res. Sempre en el seu món

—Vas ser feliç, ahir a la nit? —va preguntar, mentre em feia un petó al front.

—Molt —vaig mentir, però només a mitges.

—Me n'alegro. Tot ho vam fer per tu, oi que ho saps?

—Una altra mentida a mitges.

Les coses van així, a casa meva. Allò que es diu només val la meitat del seu preu. El que no es diu és l'altra meitat, i de vegades és més important.

La mare va marxar fent soroll amb els talons. Estava molt guapa. L'Artur l'esperava amb la bossa d'esport a la mà, per portar-la amb cotxe.

«Tot en ordre», vaig pensar.

De fet, això tampoc no era cert. Res no era al seu lloc. Al cap i al meu cor, hi regnava el desordre més gran que us pugueu imaginar.

«Hauré de fer servir mètodes d'investigació més eficaços», vaig dir-me, com si tot plegat fos el més normal del món.

Investigacions

TROBAR ALGUNA PISTA DE L'EMPRESA que havia organitzat la meva festa d'aniversari va ser més difícil del que em pensava.

A la taula de la mare hi havia un ordre perfecte. Tot classificat: les targetes en el portatargetes, les factures en les seves carpetes corresponents, les cartes sense obrir a la carpeta de la dreta... Vaig revisar una per una totes aquestes coses, vaig obrir calaixos, vaig apartar documents, vaig remenar dins de l'arxivador, però no vaig tenir gens de sort.

L'única cosa sorprenent que vaig trobar va ser una capseta de vellut blau marí, d'aquelles que els joiers fan servir per guardar els seus articles, sobretot quan són un regal.

La vaig obrir per curiositat.

A dins hi havia un anell d'or. Gruixut, molt masculí, amb tres línies gravades en diagonal i un brillant petit al centre. El vaig agafar, me'l vaig emprovar. M'anava gran.

«És clar», vaig pensar, «el pare té els dits molt més gruixuts que jo».

Vaig saber que el regal era per al meu pare perquè gravada, a l'interior, hi havia una inscripció: «T'estimo. Diana».

Senzill però contundent. Mentre ho tornava tot al seu lloc per tal que la meva mare no descobrís les meves investigacions, vaig pensar que potser estava equivocada. Potser els meus pares eren freds només quan estaven davant d'altres persones, potser en realitat estaven bojos l'un per l'altre.

«Hi ha moltes maneres d'estimar», vaig pensar. I vaig estar molt contenta d'haver-me equivocat.

Ja me n'anava amb les mans buides quan se'm va acudir mirar dins l'agenda de sobretaula de la mare. Una carta amb un pressupost a nom de Party Services S.L. i un número de telèfon. Ja ho tenia!

Vaig trucar sense esperar ni un segon, convençuda que el meu pla funcionaria a la primera.

—Bon dia, truco de part de Diana Armengol, amb referència a la festa d'aniversari que van organitzar ahir a la nit a casa seva.

La dona que contestava el telèfon va tornar-se molt amable així que va sentir el nom de la meva mare.

—Vostè dirà —va fer.

—Estic interessada per saber el nom complet d'un cambrer. Era un dels que servien a les barres de begudes. Només sé que es diu Isma.

—Hi ha hagut algun problema, potser? Va fer alguna cosa incorrecta?

—No, no, no —vaig afanyar-me a dir—. Tot el contrari. Només és que voldríem contactar amb ell.

—Em sap greu. Per desgràcia, l'Ismail Beufur ja no treballa per a nosaltres. Potser podria recomanar-li el servei d'algun altre cambrer que...

—No treballa per a vostès? I per quin motiu?

—Temo que no puc facilitar-li aquesta informació. —Vaig notar una ombra de malfiança en la veu que m'estava atenent.— Li faria res identificar-se, sisplau?

—Per descomptat. —El cor m'anava com un tambor.— Sóc la Fernanda Anglada.

—Perdoni, però jo he parlat no fa gaire amb la Fernanda Anglada i la seva veu no s'assembla gens a la d'ella. Li faria res. dir-me qui és, en realitat? —Ara la veu sonava freda com el gel.

Vaig penjar el telèfon. No vaig saber què dir ni què fer després d'una relliscada tan impressionant. A ningú no li agrada que l'enxampin in fraganti, però podria haver dit alguna cosa.

Per exemple, la veritat. La veritat sol ser sempre una bona solució.

Quan t'adones que has sigut tan idiota i tan covarda, ja no hi ha manera d'arreglar-ho.

Entra i tanca la porta

—VULL PARLAR AMB TU, AMARANTA. Entra i tanca la porta.

Em penso que de totes les frases que diu la meva mare, no n'hi ha cap que odiï més que aquesta. Potser perquè fa olor de parany, de carreró sense sortida, de cop baix, de judici sense advocat defensor...

—Es pot saber per què has anat preguntant a tothom el nom de l'empresa que va servir el càtering?

—No ho sé... —vaig mirar de dissimular.

—El teu interès per l'empresa de càtering és gastronòmic o hi ha alguna cosa més? —va insistir, cada cop més tensa.

—Gastronòmic —vaig mentir.

—Amaranta, deixa de prendre'm el pèl! —va aixecar la veu de cop i volta—. Vull que em diguis la veritat!

Quan no vols dir la veritat, el millor que pots fer és callar. Vaig mirar la mare molt fixament. És una cosa que no suporta, per cert.

—Algú va trucar des d'aquesta casa a l'empresa preguntant per un cambrer magrebí. Per casualitat saps qui va ser?

Se'm van disparar els batecs del cor. Un altre cop estava en fals i per la mateixa causa. M'havien enxampat de nou.

A més, començava a molestar-me que tothom parlés de l'Isma fent servir les mateixes paraules. «Un cambrer magrebí».

—T'has quedat muda, filla meva? —va fer la mare—. Et fa res respondre?

—No sé què vols que digui, mare.

—Doncs podries provar, per exemple, de dir la veritat. Vas ser tu qui va trucar per preguntar per aquest cambrer, fent-te passar per la Fernanda? Vas penjar quan et van descobrir? L'encarregat que m'ho ha explicat estava molt avergonyit. Vas ser tu o no?

—No —vaig tornar a mentir.

—I, ja que hi som, m'agradaria que m'expliquessis què feies dins del cotxe amb un magrebí el dia del teu aniversari a les quatre de la matinada. Havies quedat amb ell?

—No. Va ser una casualitat.

—Ah! Almenys això no ho negues!

Com ho sabia, la mare, allò del cotxe?

El meu cervell va trobar de sobte la resposta a la pregunta que s'estava fent. Només hi havia una possibilitat: el Sergi. No només era lògica, era maquiavèl·lica. Una manera perfecta de venjar-se perquè jo no volia ser la seva nòvia.

—No podia dormir. Vaig sortir a fer un tomb i vam estar xerrant una estona.

—T'has embolicat amb un magrebí? Com pot ser?

—No m'hi he embolicat! A més, què hi fa, d'on sigui? La Fernanda és romanesa.

—I és la nostra senyora de fer feines!

—Es diu Isma.

—Què?

—No es diu «el cambrer magrebí». Es diu Isma.

La mare no s'ho podia creure i estava cada cop més enfadada. Aixecava la veu, tot i que tenia l'esquena tan dreta com abans. La mare està acostumada a mantenir la dignitat en qualsevol circumstància.

—Què va passar, llavors, entre aquell cambrer i tu? Alguna cosa de què t'hagis de penedir?

Tot plegat em feia molta ràbia, cada vegada més. Gairebé tremolant, vaig contestar:

—I si fos que sí? Passaria alguna cosa?

La mare va tancar els ulls, com una princesa de tragèdia que acabés de comprendre que el seu regne està perdut. Llavors va fer una pregunta que semblava part del guió d'una telenovel·la:

—Et va seduir?

Aquesta mena de preguntes només te les pots prendre amb sentit de l'humor.

—O el vaig seduir jo a ell? —vaig replicar, fent servir el seu mateix to de veu.

La mare no consent que ningú vulgui tenir raó en una conversa. Ni jo ni ningú.

—Prou, descarada! —va dir, i aquest cop sí que semblava alterada—, no et permeto que em parlis així! Disculpa't ara mateix.

—Ho sento.

—No sona gaire sincera, aquesta disculpa —va comentar.

—És el que hi ha, mare. —Això últim ho vaig dir tan baixet que potser no em va sentir.

—El Sergi està molt disgustat —va continuar ella—. Pobrissó, no pot creure's el que va veure, va quedar ben xocat, fins i tot va pensar que el magrebí aquell t'havia fet pujar al cotxe per força. Em penso que li hauries de demanar perdó, tranquil·litzar-lo. El Sergi està enamorat de tu i ara mateix ho està passant fatal. Sembla mentida que siguis tan immadura. Un dia d'aquests ha de venir a sopar amb els seus pares. Serà un sopar de feina, per tancar uns negocis, però almenys tindràs l'oportunitat d'arreglar una mica les coses. Espero que siguis una mica més amable amb ell.

«No penso demanar-li perdó a aquest bocamoll», vaig pensar.

La mare continuava:

—Jo no en vull saber res més, del que va passar dins del cotxe. Només espero que no te n'hagis de penedir. La resta, tant se val. Per sort, el teu lloc està molt lluny d'aquell aprofitat. Espero que hagis après la lliçó, Amaranta, i que pensis això que et dic. I ara vés-te'n a fer alguna cosa de profit, va. Ja faig tard a l'entrenament.

Típic d'executiva d'alt nivell: les reunions acaben només quan ella ho diu. Em vaig aixecar, me'n vaig anar a la meva habitació, vaig asseure'm al llit i vaig esperar que em passés l'enrabiada.

També vaig aprofitar per reflexionar una mica sobre les paraules de la meva mare, tal com ella volia. Tot i que potser no ho vaig fer com ella volia. Els resultats van ser els següents:

1) Estaria bé ser una mica més amable amb el Sergi?
   I tant, que estaria bé! Seria molt bo per al meu pare, que trobaria fantàstic que la seva filla i el fill petit d'un dels accionistes de Construcsa fossin més que amics. Potser si els digués que vaig tenir sexe amb el Sergi al seient del darrere del meu Chevrolet nou em felicitarien per ajudar-los en els seus negocis. L'empresa cotitzaria a l'alça en borsa i els socis n'estarien encantats.
2) Em penedia d'alguna cosa del que va passar dins del cotxe?
   I tant que sí! Em penedia (i molt!) de no haver demanat a l'Isma el seu telèfon i de no haver-li donat el meu. I també de no haver-li fet un petó. I d'haver-lo deixat marxar.

Olga

EN LÍNIA

Toc toc
Aquí amiga trucant a marmota
Encara ets als núvols?
Que sóc inoportuna?

No, idiota, no ho ets mai
Acabo d'arribar. Estic sola a casa
I sí: encara sóc als núvols
però encara més
amunt que abans
El Pau és al·lucinant
La persona més genial
de tota la galàxia

D'acord, va,
no comencis
un altre cop
Ja m'ho explicaràs

No pots imaginar
quins petons,
ni quines coses diu

Escolta'm,
tinc una mica
de pressa
i et vull fer una pregunta

En tots els sentits

Olga, escolta

Parla taaaaaan bé

Olgaaaaaa!!!

Quèèèèèèè???

Tu no deus saber
on puc trobar l'Isma?

Quin Isma?

L'Isma, el 12 sobre 10

Ah, aquell
No, per què?

Per res

El busques?

Sí

Per què?
T'ha fet res?

Fer què?

Alguna cosa
Ja saps

No, és clar que no

Llavors?

Vull trobar-lo i punt

Mara, va, digues
Ho sabré igualment
Hi ha alguna cosa més?

No

T'has penjat d'ell?

No

Síííííí! Estàs
penjada d'ell
Del cambrer
de la teva festa!
És molt fort!!!

Olga, em pots ajudar o no?

No puc ajudar-te,
ho sento molt
Recordes que jo
em vaig enfadar amb ell?
Em va semblar
molt desagradable
Per què n'hauria
de saber res?

No sé on buscar
Tu sempre ho saps tot

Això no, cuca
Ho sento molt

D'acord

Escolta

Què

Vés amb compte

Compte amb què?

Amb el que fas
Crec que no l'hauries de buscar.
Oblida-te'n
Potser t'equivoques
amb aquest noi

I què?
Tots ens equivoquem
de vegades
O no?

Els dilluns del meu avi

DILLUNS AL MATÍ, TAL COM L'AVI M'HAVIA DIT, vaig anar a veure l'Hipòlit, el cap de personal de BancaWorld.

—El seu avi va anunciar-me que avui em vindria a veure —va dir, saludant-me amb una encaixada—. Primer de tot, per molts anys. Em penso que acaba d'estrenar la seva majoria d'edat, oi?

—Això mateix.

Em feia sentir estranya que em digués de vostè: era molt més gran que jo. Em va fer passar a un despatx presidit per una taula enorme de fusta fosca. Va convidar-me a seure al seu davant, va encreuar els braços i va somriure.

—Té la llibreta que el seu avi li ha regalat? Em sembla que primer de tot l'hauríem d'actualitzar.

—El meu avi em va dir que ho fes, sí.

Vaig treure la llibreta i l'hi vaig lliurar.

—És clar, és clar, això és el primer...

L'Hipòlit va ficar la llibreta dins d'una màquina que tenia en un costat de la taula. La màquina va emetre uns quants sorolls metàl·lics mentre imprimia dades a la pàgina. L'Hipòlit s'esperava amb paciència, somrient, picant amb els dits sobre la taula. Semblava una d'aquelles persones que sempre estan de bon humor.

La màquina va escopir la meva llibreta. L'Hipòlit va donar un cop d'ull per veure que tot estava bé i me la va tornar a donar.

—Ara sí que està tot bé. Aquí la té.

Vaig obrir la llibreta per la primera pàgina. Estava al meu nom i prou. Vull dir que només jo n'era la titular, ningú no s'havia d'ocupar de supervisar les meves operacions, jo era l'única responsable dels meus estalvis. Aquest cop podria gastar uns quants diners, si volia, sense demanar permís a ningú. Tota una novetat.

—I aquí té les targetes de crèdit i dèbit associades a la llibreta —va continuar l'Hipòlit, traient d'un calaix un sobre tancat que portava imprès el logotip del banc—. Serveixen per fer operacions en els caixers automàtics. Suposo que ja deu saber com funcionen. Si no, no tindré cap inconvenient a...

—Sí, ja ho sé —el vaig interrompre.

«Fins i tot un nen de cinc anys sap com funciona un caixer automàtic, avui dia», vaig pensar. «Seria divertit que la filla dels dos banquers més famosos del país no en sabés».

—Potser vol consultar l'import que li ha regalat el seu avi —va fer un gest amable, indicant que mirés la llibreta sense preocupar-se per ell.

Ho vaig fer. Tenia curiositat. Vaig buscar a la segona pàgina. Quan vaig trobar la quantitat, vaig fer uns ulls com unes taronges que van fer riure el cap de personal. Em penso que fins i tot em vaig marejar una mica.

—Buf! —vaig esbufegar, abans de buscar la mirada del meu interlocutor.

—S'esperava una altra quantitat, potser? —va preguntar, tan tranquil.

—Però... —vaig balbotejar—. Però... Això no pot ser! És una bestiesa! Per què vull...?

El cap de personal va agafar el telèfon, va prémer un botó que tenia un número memoritzat i va esperar a rebre senyal de trucada. Mentrestant, va explicar-me:

—El seu avi em va demanar que li telefonés si arribava aquest moment. Amb el seu permís, procedeixo.

Pocs segons més tard vaig poder sentir a l'aparell la veu alegre i sense preocupacions del meu avi.

—Hola, cuca de llum! Què t'ha semblat el teu regal? T'has desmaiat de l'ensurt?

—M'ha anat de poc. Ets un exagerat! No necessito un milió d'euros! —vaig deixar anar, i la meva veu va sonar a esbroncada i no a agraïment. L'avi reia, divertit amb la situació.

—Mai no se sap quan els pots necessitar, Amy. Jo no vull que a Chicago passis cap necessitat. Vés al teatre, que tant t'agrada! Allà n'hi ha molts, i de molt bons. Va, digues si t'ha agradat. O potser els penses regalar a alguna organització benèfica?

—No és mala idea.

—Fes-ho, si vols. Els diners són teus i només teus. Te'ls pots gastar com vulguis.

—No sabria ni per on començar. Per què tants?

—És un suborn. O un avançament, com vulguis.

—Un suborn?

—És clar que sí! —va fer broma—, tot i que ja sé que les ànimes pures com la teva no estan en venda.

—Correcte! Perds el temps.

—Llavors ho hauràs de considerar un donatiu. Vull que als Estats Units facis allò que et vingui més de gust.

—Per fer allò que em ve més de gust no necessito un milió d'euros!

—Això ara no ho pots saber, noieta. La vida canvia cada segon, o amenaça de fer-ho. Fixa't en tu mateixa: volies estudiar teatre i has superat una prova molt difícil, però ara et veus en l'obligació d'estudiar economia en una maleïda universitat americana de la qual no saps res. I tot per aquesta dèria del teu avi, un vell que fica el nas allà on no el criden i que no s'amoïna per les coses importants de debò. Penses això?

—Si fa no fa... —vaig reconèixer.

—Estimada Amy, encara que no ho sàpigues, tu ets com jo. Forta, valenta, decidida, cabuda, encantadora... Si visqués, la teva iaia t'ho podria confirmar. Ni tan sols la teva mare se m'assembla tant (en les coses bones però també en les dolentes). Sé que potser m'engegaràs a dida si no et puc convèncer, i entenc que estiguis enfadada amb mi.

No es pot negar que l'avi és una persona encantadora i convincent. Només vaig afegir una pregunta més:

—Avi, per què t'entestes a organitzar-me la vida tota l'estona?

Però no va respondre. Ja havia penjat.

Al meu davant, el cap de personal somreia, com si sospités que allò entre ell i jo només era el començament d'una gran amistat.

Olga

ESCRIVINT...

Mara
Mara
Mara, bonica
Maraaaaaaa
Bonicaaaaaaaa
On c... t'has ficat?
Ai, quin pal

Perdona,
no podia contestar,
era al banc

Ah. D'acord
Només volia saber
com estàs
Preparada?
On quedem?

On quedem... per fer què?

Com que per fer què?
Avui és el gran dia!
Tens una prova
d'interpretació, em sembla!
Has d'anar a recitar
aquell monòleg depriment
I jo t'acompanyaré
perquè no et moris dels nervis

Ah, era això

No pateixis
No hi penso anar

Quèèèèèè?
Com que no hi penses anar?

No val la pena

Et rendeixes?

Suposo que sí. Guanyen ells
L'enemic és més fort que jo
Igualment, no podré
matricular-me

Has assajat moltíssim!
Fa setmanes que estudies
aquest paper!

Sí. Tant d'esforç
per a no res, oi?

No, no, no, Mara
Escolta'm
T'has de presentar
No pots rendir-te

De debò
Tant és
És millor deixar-ho

Ni pensar-hi!
Digues a l'Artur
que t'hi porti
Jo t'espero allà

No

Penses deixar-me plantada?
Surto ara mateix
cap a l'Institut del Teatre
Vine ara mateix!
Tens una prova

No siguis irresponsable

Escolta, què et passa?
Em pensava que estaves
d'acord amb la meva família
Que pensaves que
el més important
és això de Chicago

I encara ho penso
Chicago és una oportunitat al·lucinant.
Increïblement BRUTAL
Però també sóc la teva
amiga i les amigues s'ajuden
mútuament, oi que sí?
Per molt que no acabi
d'estar d'acord amb tu
vull veure el teu monòleg
depriment
M'ho deus
Va, fes-ho per mi
i per tot el que hem
estudiat juntes

Està bé. Tens raó
Rendir-se és massa fàcil

Ho faràs?

Potser sí

Bé! Bravo per tu!
Valenta!

Però no hi vull anar amb l'Artur
No vull que els meus pares
ho sàpiguen
M'estimo més anar-hi sola

Amb mi, si no et fa res

On ets?

Al centre

Ok
D'aquí a mitja hora sóc allà
Espera'm al cafè Zurich
Portaré el teu casc

D'acord
Gràcies

Seràs la millor, ja ho veuràs
I jo seré la teva orgullosa amiga!

Dins la foscor

EL «MONÒLEG DEPRIMENT», COM DEIA L'OLGA, és un dels fragments més importants del teatre universal: el monòleg de Lady Macbeth just abans de convertir-se en una assassina. Un fragment de *Macbeth*, de William Shakespeare, on el personatge demana als esperits de la mort que la transformin en algú sense pietat ni compassió i reclama a la nit més foscor perquè ningú pugui veure el seu crim.

És terrible, preciós, estremidor.

L'Olga condueix un ciclomotor de color fúcsia i té dos cascs a joc. Quan anem juntes, me'n deixa un. Som com una versió moderna de les Pink Ladies.

Gràcies a ella vaig arribar a temps a la prova.

M'encanta la foscor dels teatres. Em fa sentir bé. També m'agrada com sonen, l'olor que fan. Una professora registrava els assistents a l'entrada.

—Nom? —va preguntar.

—Amaranta Casillans.

Va somriure.

—És el teu nom real? És bonic.

Vaig pensar: «Una altra que no llegeix els diaris ni sap res del que passa». Hi ha un munt de gent d'aquesta mena, encara que costi de creure.

Em va assignar un número: el 13.

—Mira, no en podia ser cap altre —vaig dir a l'Olga.

La meva amiga em va renyar com si fos la meva mare.

—Vols fer el favor d'animar-te? Més que una assassina, sembles una suïcida!

Els acompanyants no podien entrar a la sala. L'Olga va dir que m'esperava a la cafeteria i em va desitjar sort amb un somriure d'orella a orella.

—Molta merda, reina —em va desitjar, com si ella també fos una persona de teatre.

Vaig entrar, em vaig asseure en una butaca de la primera fila i vaig mirar de relaxar-me una mica. Vaig reconèixer alguns dels candidats que havia vist en les fases anteriors de les proves. El noi esprimatxat amb ulleres de pasta; la noia rossa de cabells llargs i arrissats que sempre anava vestida de color blanc; el pèl-roig que tenia un serrell que desafiava la llei de la gravetat... Ens vam mirar els uns als altres dissimuladament.

En el centre de l'escenari, il·luminat amb un focus que tremolava, hi havia el director. Ens va donar la benvinguda i va explicar les normes de la prova: havíem de pujar a l'escenari per la porta del costat dret tres números abans del que ens tocava. Un cop a dalt, havíem de pronunciar el nostre nom i dir quin era el monòleg que havíem preparat. Teníem deu minuts cadascun. Passada aquesta estona, havíem de deixar l'escenari per la porta de l'esquerra. No podíem molestar els membres del jurat encarregat d'avaluar-nos i que seien a la filera número deu. Ells es reservaven en tot moment el dret d'expulsar-nos de la prova. Les llistes d'admesos es farien públiques el proper 16 de juliol. Alguna pregunta?

Ningú no va fer cap pregunta. Estava tot prou clar.

De manera que el director ens va desitjar molta merda a tots i vam començar immediatament.

Vaig concentrar-me en la meva ambiciosa Lady Macbeth,

una dona capaç de qualsevol cosa, fins i tot de matar, per tal d'aconseguir poder i riquesa. Vaig repassar el text per darrera vegada mentre encara era a la platea. Me l'havia après molt bé, no em volia equivocar. La noia que actuava darrere meu em va desitjar sort a la manera habitual:

—Molta merda.

Era la rossa dels cabells llargs i arrissats, la que sempre anava vestida de blanc.

—Em dic Laura —es va presentar.

—Jo Mara. Igualment: molta merda —vaig respondre, de cor.

Després vaig sortir a l'escenari. Només trobar-m'hi va posseir-me una serenitat estranya, com si jo no fos jo, com si aquella situació fos la cosa més normal del món.

La tranquil·litat del condemnat a mort, en diuen alguns. D'altres s'estimen més dir que és inspiració, sense que ningú hagi pogut definir a dia d'avui què és, exactament, això de la inspiració.

Xocolata amb mango

M'IMAGINO ELS MEMBRES DEL TRIBUNAL AVALUADOR llegint una vegada i una altra el meu nom i fent-se tot de preguntes: És o no és la filla dels dos famosos banquers? Com ho podem saber? Potser és una casualitat —farà algú—, al capdavall les filles dels banquers famosos no acostumen a estudiar art dramàtic. Però aquests dos cognoms no són tan normals, i junts encara menys.

A molta gent li agrada dir que ha conegut un famós. Quina bestiesa! Com si els famosos fossin diferents de la resta dels éssers humans.

Els membres del tribunal tenien com a norma no parlar amb ningú, però amb mi van fer una excepció.

—Tens alguna cosa a veure amb Casillans i Armengol, els banquers? —va preguntar una veu de dona de qui no podia veure la cara per culpa dels focus.

—Són els meus pares —vaig murmurar.

Es van mirar amb intenció. Van encaixar la notícia (tothom necessita uns quants segons per reaccionar, després d'una cosa així), van tornar a murmurar i van dir:

—Moltes gràcies. Ja te'n pots anar.

Vaig sortir amb el cap cot i el desig que ningú no em reconegués. Mai més, enlloc. L'Olga m'estava esperant amb un dilema terrible.

—Xocolata amb mango o llet merengada amb avellanes?

Mirava la nevera d'una geladeria amb cara de patir molt. Vaig ajudar-la a decidir-se. Sóc bona prenent decisions. No em costa.

Vam demanar dos gelats de xocolata amb mango i vam instal·lar-nos a la terrassa.

—Com ha anat? —va preguntar l'Olga.

—No m'he equivocat ni una sola vegada! Estava molt tranquil·la, quina cosa més estranya... D'on dec haver tret tanta serenitat?

L'Olga va aixecar les celles, com dient: «Ja t'ho dic, jo, que ets boníssima».

—Canvi de tema, bonica —va dir—. Em penso que això no t'agradarà. M'ha trucat el Sergi. M'ha demanat que et convenci.

—Que em convencis de què?

—Diu que la nit de la teva festa et vas embolicar amb el cambrer catxes, el magrebí.

—Tant de bo ho hagués fet! Però no, per desgràcia. I de què m'has de convèncer?

—Vol que li donis una altra oportunitat.

Vaig esbufegar. N'estava farta, de tot allò. Anava a dir «Sisplau, no comencis un altre cop», però no va caldre.

—Mira, només he dit que ho intentaria —va continuar la meva amiga—, però que no li prometia res, perquè tu tens les teves pròpies opinions i ets més tossuda que una mula. Pobre, està fet pols. Li he donat alguns consells sobre què ha de fer si vol lligar. No sé si em farà cas perquè està molt nerviós. M'ha fet llàstima.

—Consells de quina mena?

—Li he dit que deixi d'arrossegar-se davant teu i faci veure que no li agrades. Primera llei de la seducció: allò que tenim segur no és sexy.

—De debò que li has dit això?

—I també que deixi de fer escenes de nòvio gelós i que es prengui la vida amb més sentit de l'humor. Segona llei de la seducció: les noies volem que ens facin riure. A veure si em fa cas.

—Encara que et faci cas al peu de la lletra, no penso sortir amb ell. Ni ara ni mai.

—Caram! Que segura n'estàs! I que inflexible t'has tornat! Com ho pots dir, això? El pobre és guapo, intel·ligent, té estil, carnet de conduir, es dutxa, està boig per tu i té molta pasta. Què més vols?

Vaig tancar els ulls, disposada a pagar-li amb la seva mateixa moneda.

—Per què has demanat gelat de xocolata amb mango, Olga?

—Perquè m'agrada molt —va dir.

—I per què no has demanat el de maduixa, o el de festuc? No trobes que són bons?

—Sí, però a mi no m'agraden.

—Però reconeixes que són bons.

—Sí, és clar. Boníssims.

—Ah, doncs això mateix em passa a mi. Per a mi el Sergi és com un gelat de maduixa. Reconec que és molt bo, però m'estimo més el de xocolata amb mango.

—El magrebí per a tu és com la xocolata amb mango?

—Es diu Ismail, si no et fa res.

—Ets al·lucinant, bonica, de debò! I tot això només és platònic?

—A més —vaig fer veure que no havia sentit la seva última pregunta—, m'agradaria tenir l'oportunitat de prendre soleta alguna de les decisions importants de la meva vida. Si no us fa res a tots els altres, és clar.

—D'acord, d'acord. Caram, quin geni! Parlem d'una altra cosa, si vols.

Endevinaríeu quin va ser el tema proposat?

Per descomptat! El tema preferit de la meva amiga, el que l'ocupava les vint-i-quatre hores del dia (i encara n'hi faltaven) des de la nit del meu aniversari: el Pau, és clar. Els encants del Pau, els petons del Pau, la pell suau del Pau, la olor del Pau, tot el que deia el Pau...

Quan estem enamorats ens tornem força insuportables. La llàstima és que no ens n'adonem.

Problemes senzills

ETS EN UNA TERRASSA, DESPRÉS DE MENJAR-TE un gelat de xocolata amb mango amb la teva millor amiga. Ella ha anat al lavabo i tu aprofites per donar voltes a les teves cabòries. Penses en algunes coses que no tenen sentit, en alguns problemes d'allò més senzills.

Per exemple: tens un Chevrolet Corvette descapotable de color vermell. Si t'haguessin deixat triar quin cotxe volies, n'hauries volgut un d'aquells petits de color clar que s'aparquen a qualsevol lloc i no criden l'atenció. La gent els paga a terminis, però els teus pares l'haurien pogut pagar amb la meitat del que es gasten en sopars només en un mes. Amb aquest cotxe ningú no s'hauria fixat en tu, que és exactament el que t'agrada.

Vius en una mansió de no sé quants metres quadrats, envoltada d'un jardí enorme amb piscina i pistes de tennis, tot protegit per un mur de ciment i vigilat les vint-i-quatre hores per una empresa de seguretat que s'anuncia dient que promet «eficàcia absoluta». Si poguessis, t'agradaria viure enmig del camp, criar vaques i gallines, munyir les bèsties, recollir ous als galliners i de tant en tant conduir un tractor. «Quines idees més estranyes tens al cap, bonica», et diria l'Olga si et pogués sentir.

Tens una plaça a la Universitat de Chicago per estudiar economia amb els millors economistes del món, però tu donaries el que fos perquè t'admetessin a l'Institut del Teatre. I també per quedar-te aquí, conèixer gent com tu, que potser no són fills de milionaris sinó persones fantàstiques amb qui comparteixes gustos i de qui podries arribar a ser una amiga autèntica. Si et deixessin intentar-ho, és clar.

Tens un amic guapo, llest i ambiciós que està entestat a ser el teu nòvio, però tu no deixes de pensar en un noi del qual no saps gairebé res, que va desaparèixer com la Ventafocs després de la festa i que ni tan sols saps on trobar-lo, però no deixes de pensar en ell ni un segon. Per descomptat, el desconegut no és ric, ni ambiciós, i els seus pares no fan negocis amb els teus. Però també té aspiracions i somnis i està disposat a lluitar per aconseguir-los. A tu t'agrada pensar que algun dia ho aconseguirà i serà el xef d'un restaurant molt famós i prepararà receptes boníssimes que tu tastaràs. A més, és guapo, encantador, divertit i té algun secret als ulls que t'agradaria conèixer. Algun secret, imagines, que no té res a veure amb els secrets que els altres pensen que guarda.

Tens una data apuntada a l'agenda: 16 de juliol. No hauria de ser important, però ho és. Aquell dia es donaran a conèixer les llistes d'admesos a l'Institut del Teatre. Sabràs per fi si la teva Lady Macbeth va convèncer el tribunal o no. Sabràs on comença el camí que ja no podràs continuar.

Penses: «Tota la meva vida és fora de lloc, com els mobles en una mudança».

I mentre penses això, tens una visió com una llambregada. Algú ha travessat el teu camp de visió. Algú conegut, en qui fa dies que penses. El reconeixeries fins i tot si no el miressis del tot, com si el poguessis endevinar. O com si el teu cor l'hagués conegut abans que el teu cervell.

Penses: «És ell! No m'ho puc creure! No pot ser!».

Va tot sol, entra en una botiga de roba, desapareix de la

teva vista. No t'ho penses dues vegades: el segueixes. Entres a la mateixa botiga de roba. El busques amb la mirada. El trobes al costat de la caixa, t'hi acostes, el saludes mirant de dissimular l'emoció. En realitat, el cor et batega tan ràpid que no saps ni com fer per respirar amb normalitat.

—Hola, Isma —dius.

Ell et mira, triga un moment a tenir alguna reacció. També sembla content de veure't.

—Hola, Mara! Quina sorpresa! Què hi fas, aquí?

Assenyales les taules de la terrassa, on veus l'Olga desconcertada, buscant-te.

—He vingut amb la meva millor amiga —dius.

Una noia s'acosta a vosaltres.

—Anem, Isma? —pregunta, i llavors t'adones que té una veu dolça i que agafa l'Isma per la cintura amb una naturalitat que et fa venir un atac de gelosia automàtic, perquè a més t'adones que és molt guapa, que té uns ulls allargats de color verd fosc, la pell daurada i els cabells llargs fins a la cintura, d'un negre molt negre. Somriu, et mira amb una curiositat semblant a la teva.

Entens que de tant pensar en l'Isma, has oblidat una cosa molt important. No has tingut en compte que potser a la seva vida ja hi havia algú especial. I penses que al costat d'aquesta noia tan guapa tu no tens res a fer, i se t'entelen una mica els ulls, potser perquè estàs decebuda o potser perquè tens ganes de plorar. Unes ganes de plorar que han arribat de cop i volta i que no vols que surtin.

Llavors l'Isma diu:

—Mara, et presento la Salma, la meva germana. Salma, aquesta és la meva amiga Mara.

«La meva germana». Això ha dit.

I només sentir aquestes tres paraules tan fàcils, tan senzilles, el món torna a brillar com abans. Potser més i tot. I tots els problemes senzills es tornen de sobte molt més senzills, fins que es desfan del tot, com si mai no haguessin existit.

Fulls blancs

16 DE JULIOL, ABANS DE LES DEU DEL MATÍ. Vaig veure els fulls blancs penjats al mur al costat de la secretaria. Al davant hi havia un grup d'aspirants que els consultaven. Vaig acostar-m'hi amb compte. Vaig buscar el meu nom per ordre alfabètic. Vaig haver de mirar-ho dues vegades.

«Admesa», vaig llegir.

Vaig córrer a escriure l'Olga. Necessitava compartir aquella notícia, la més inútil de tota la meva vida.

La meva amiga va telefonar-me de seguida. Em volia felicitar. Va aprofitar per explicar-me quins plans tenia per al dia: platja, cinema, centre comercial, tot amb el Pau, per descomptat. No se separava d'ell ni un minut.

Mentre parlàvem vaig adonar-me que uns quants metres més enllà hi havia la Laura, la noia dels cabells rossos arrissats. S'havia assegut en el banc i semblava trista. Així que vaig penjar i m'hi vaig acostar.

—No t'han admès? —vaig preguntar.

—Sí. I a tu?

—A mi també.

—Me n'alegro per tu!

—Jo també per tu. —En canvi, la seva cara no era d'alegria, sinó de molta tristor.

—No estàs contenta? —li vaig preguntar, estranyada.

—No. O sí, no ho sé. Estic contenta d'haver superat una prova tan difícil, però estic trista perquè no em podré matricular. No m'han concedit la beca que vaig demanar —va fer una pausa, esperant una reacció per part meva—, i no puc demanar diners als meus pares. Gairebé no arriben a final de mes. He estat buscant feina per pagar-me jo mateixa els estudis, però no he trobat res. Final del joc, mala sort. Potser ho puc tornar a intentar l'any que ve.

—I per què no demanes els diners a algú? —vaig preguntar.

Va fer que no amb el cap,

—No conec ningú que me'ls pugui deixar. A la meva família tots els necessiten més que jo i els meus amics estan tots fatal. Això comptant els que encara no han marxat a l'estranger a buscar feina.

Tenia la mirada afligida de la resignació. De qui sap que, per molt que faci, no aconseguirà allò que més vol.

Vaig pensar que de vegades la vida és una bestiesa de les grosses. Hi ha qui té coses que no necessita, no vol o no pot fer servir. En canvi, altres ploren perquè ni tan sols aconsegueixen el més important.

Vaig pensar que de tant en tant les bestieses tenen solució.

—Potser passa alguna cosa que no t'esperes. T'has d'animar —li vaig dir, i ella em va mirar amb tristesa, sense creure'm, com mires la gent que diu coses boniques sense sentit només per animar-te—. No et rendeixis, sisplau, Laura. No et rendeixis.

Costum

EM DESPERTAVA CADA NIT. SENSE EXCEPCIONS.

Sabia que ella era allà, en alguna banda, i que em mirava.

Sota el llit.

Dins del mirall.

Al balcó.

De vegades la sentia respirar pesarosament.

Sabia que esperava alguna cosa de mi, que d'alguna manera l'havia decebut.

Sabia que només era qüestió de temps.

Que tornaria.

Perquè no se n'havia anat.

Pessigolles a la panxa

TORNEM UN MOMENT A L'ESCENA ANTERIOR. Aquella en què l'Isma em diu:

—Hola, Mara! Quina sorpresa! Què hi fas, aquí?

I el món s'atura un moment. Només un segon.

Els economistes s'encaparren a preveure-ho tot. Necessiten saber què passarà, com els afectarà, quines mesures han de prendre per evitar el desastre o per aconseguir beneficis. Fan estudis, anàlisis, balanços, fan mitjanes i arriben a conclusions. I tot amb la finalitat que res del que passa els agafi per sorpresa.

No saben que de vegades és fantàstic que algunes coses no es puguin preveure.

Per exemple: les pessigolles que notes a la panxa quan aquesta persona especial et mira als ulls. O la felicitat que t'agafa de sobte quan sents dels seus llavis unes paraules que volen dir molt més del que t'hauries atrevit a creure.

—No m'esperava trobar-te —va dir l'Isma, mirant-me als ulls.

—Suposo que m'odies —vaig deixar anar.

—Odiar-te? Per què ho hauria de fer?

—Vas perdre la feina per culpa meva.

—Quina bestiesa! La vaig perdre per culpa del teu amic, el gelós. No va poder suportar que la seva nòvia s'ho estigués passant bé amb el cambrer magrebí.

—No sóc la nòvia del Sergi! I tu no ets el cambrer magrebí.

—Ell sí que ho pensa.

—Ho sento moltíssim, de debò. No em perdono haver-te perjudicat.

—No ho sentis. Ha valgut la pena coneixe't. Gràcies a tu, he canviat l'opinió que tenia dels famosos. Ara em cauen una mica més bé.

—Jo no sóc famosa!

Crec que em faig enfadar una mica en sentir aquella paraula.

—Sí que ho ets. T'he vist en una revista.

—Em pensava que tu no miraves aquestes coses.

—I no ho faig. Però et vaig buscar. Pàgina «Societat». Necessitava veure't un altre cop.

—Necessitaves?

—Bé —va corregir-se—, tenia molta curiositat.

—I no se't va acudir venir a veure'm?

—Se'm va acudir. Però m'ho vaig treure del cap.

—Per què?

—Vaig pensar que no ho havia de fer.

—Quina bestiesa.

—Vaig pensar que potser no et venia de gust tornar-me a veure.

—Et vas equivocar. Et vaig estar buscant. Volia saber què ha passat amb les teves pràctiques de cuiner.

—M'hauré de buscar un altre lloc on fer-les.

—I has pensat alguna cosa?

—No puc tornar al Marroc, Mara —va dir—, però aquí les coses no són gens fàcils. La gent té molts prejudicis. Si no em surt alguna cosa abans del setembre, hauré de prendre una decisió difícil.

La Salma, la seva germana, semblava incòmoda. L'Olga, que es mantenia a una certa distància de nosaltres, també, com si tingués por que l'Isma la mossegués o alguna cosa així.

—Me n'he d'anar —va dir llavor l'Isma.

—Sí, jo també —vaig afegir.

Les pessigolles a la panxa començaven a convertir-se en un desengany quan ens vam fer dos petons a les galtes, per acomiadar-nos. Després ens vam separar. Vaig dir: «Ja està, s'ha acabat, és evident que no li interesso, no hi haurà més coincidències. Potser és millor i tot».

Llavors l'Isma va fer mitja volta i va preguntar:

—Et vindria de gust que prenguéssim un gelat aquí mateix demà a la tarda?

Em pensava que no faria mai el primer pas! És l'únic requisit que poso al noi que m'agrada: que sigui ell que proposi la primera cita.

I encara hi va haver una altra pregunta:

—Em pots donar el teu telèfon, sisplau? L'altra nit no vaig atrevir-me a demanar-te'l.

Pot, una pregunta tan senzilla, fer-te sentir la noia més feliç del món?

Els miralls

TOT ALLÒ QUE NEIX ESTÀ CONDEMNAT A EVOLUCIONAR. Evolucionar vol dir transformar-se, deixar de ser tu mateix, esdevenir una altra cosa.

Certes cultures fan servir els miralls, en rituals de màgia, per endevinar el futur. En altres pensen que dins dels miralls viuen els esperits dels morts. O que sempre reflecteixen la veritat, per despullada que sigui. O que retenen l'ànima de les persones que s'hi han mirat i no la deixen escapar mai més.

D'entrada la gent s'inquieta quan mira la seva imatge invertida en els miralls, com si la pròpia imatge amagués uns secrets terribles.

Proveu-ho.

Atureu-vos davant d'un mirall i mireu els ulls de la vostra imatge durant una bona estona. Us agafarà molta por. El pitjor és que no sabreu de què.

Durant quant de temps es pot viure evitant els miralls? Quants miralls hi ha en el camí per on passem cada dia? Quants cops ens veiem reflectits en els miralls sense ni tan sols adonar-nos-en? I si cada cop que ens roben el reflex també es queden una petita part de nosaltres?

Són preguntes que fan por.

Des de la nit que vaig notar que alguna cosa s'amagava dins el mirall de la meva habitació, dins meu també va canviar alguna cosa. Vaig començar a tenir molta por. El primer que vaig fer va ser despenjar el mirall de l'habitació i ficar-lo a l'armari. Malgrat tot, continuava sentint la seva amenaça. Encara que no el veiés, notava que em controlava.

També vaig començar a evitar el meu reflex. Quan passava davant d'un aparador, mirava cap a una altra banda o canviava de vorera. Ben aviat em sabia de memòria els llocs pels quals era millor no passar.

Fins que va trucar-me l'Olga amb una proposta urgent.

—Necessito que m'acompanyis! Necessito unes sabates urgentment! Anem al centre i m'acompanyes a triar-ne unes.

Quan l'Olga necessita alguna cosa —sabates, bosses, pantalons, tinta per a la impressora—, ho diu com si s'acabés el món.

Normalment, anar de compres amb l'Olga és una de les meves activitats preferides. Ens ho passem molt bé tancades en un emprovador, posant-nos tota mena de modelets i rient perquè ens queden fatal. Sempre acabem berenant en alguna pastisseria, carregades de bosses o no. És fantàstic.

Aquell dia, la meva amiga va notar que me'n passava alguna.

—Avui no em ve gaire de gust... No pot ser en un altre moment?

—No, no pot ser! Necessito unes sabates de taló! Platejades. O no, millor daurades. O potser negres. Ui, no sé què fer. Veus com m'has d'ajudar?

Vaig deixar-me enredar pensant que, al capdavall, per comprar-se unes sabates no calia mirar-se al mirall.

Vam visitar tres sabateries diferents abans que l'Olga trobés alguna cosa que li agradés. A totes tres vaig anar amb molt de compte de no exposar-me, em vaig mantenir a distància de tots els miralls que vaig veure. Un cop, fins i tot, vaig haver de fer veure que em sonava el telèfon per dissimular. Hi havia un mirall immens a la paret del fons, era impossible escapar-se'n! L'Olga em va notar estranya i m'ho va retreure a l'instant.

—Què et passa, Mara. Es pot saber què fas?

Vaig despistar, una vegada més.

—No res...

—Doncs, sisplau, deixa de fer coses rares.

Fins que va passar. Havia de passar. No es pot fugir eternament. La victòria sempre és d'aquells que saben esperar la seva oportunitat. Aquella que m'assetjava, fos qui fos, sabia esperar.

Al mirall del fons vaig reconèixer, de sobte, un rostre conegut. La dona dels cabells llargs i arrissats. Trista, demacrada, molt cansada de tant buscar-me en va. Movia els llavis, com si em volgués dir alguna cosa. I jo, per alguna raó, aquesta vegada la vaig sentir. Em penso que, de tota la gent que hi havia a la sabateria, només la podia sentir jo. La seva veu arribava de molt lluny, i era somorta i greu. O potser m'ho vaig imaginar. Potser només li vaig llegir els llavis. No ho puc saber. En canvi, recordo molt bé el seu missatge.

«Irlanda tretze».

I per si no havia quedat prou clar, el va repetir, cada cop més i més fort, mentre se li marcaven tot de venes blaves al coll i a les temples i semblava que els ulls volguessin sortir-li de les òrbites.

«Irlanda tretze, Irlanda tretze, Irlanda tretze, Irlanda tretze...».

No la veia ningú més, tothom continuava com si res, sense adonar-se'n. Dins les meves orelles, en canvi, repicaven cada cop més fort aquelles dues paraules sense sentit.

«Irlanda tretze. Irlanda tretze. Irlanda tretze. Irlanda tretze. IRLANDA TRETZE. IRLANDA TRETZE. IRLANDA TRETZE».

No ho vaig poder suportar. Vaig arrencar a córrer pel carrer més concorregut de tota la ciutat. Vaig entrebancar-me unes quantes vegades amb vianants que passejaven tranquil·lament. Uns quants cops en vaig veure els reflexos en els aparadors. El meu i el seu. Em seguia, sabia que no me n'alliberaria fàcilment. Tot i això, vaig córrer tant com vaig poder, carrer amunt, cap enlloc. Perquè no tenia on anar. Allà on anés la tornaria a trobar. I per fi, per fi ho havia comprès.

III

DES DE DINS

Artur

DESPRÉS D'AQUELLA TARDA CARREGADA D'EMOCIONS —la prova d'interpretació, el gelat amb l'Olga, la trobada casual amb l'Isma—, vaig trucar a l'Artur per preguntar-li si podia recollir-me i portar-me a casa. El vaig trobar tan amable com sempre.

—Per descomptat, Amaranta. Digue'm on ets i em tindràs allà abans de deu minuts.

L'Artur té uns quaranta-cinc anys. Des que el meu avi el va contractar, en fa més de vint, s'ha convertit en una persona de confiança per a la meva família. És treballador, intel·ligent i molt discret, tres qualitats imprescindibles per encarregar-se dels desplaçaments privats dels meus pares.

Aquell dia vam portar l'Olga a casa seva. Pel camí, la meva amiga em va clavar un discurset que més aviat semblava propi de la meva mare.

—Mara, sisplau, no vagis massa de pressa. No pots oblidar qui ets, ni què tens, ni a quina família pertanys. Les coses no són tan fàcils com de vegades et penses. El món és ple d'aprofitats que només busquen la seva oportunitat amb innocents que van de bona fe, com tu. Qualsevol pot emocionar-se quan coneix un noi guapo, però després has de fer servir el cap i pensar qui és la persona que més et convé. Aquest noi necessita enviar diners a la seva família, que és al seu país i deu viure en la misèria. S'acaba de quedar sense feina. Pensa-ho bé: per a ell ets una mena de primer premi de la loteria, ha de mirar d'aprofitar-se'n tant com pugui, és humà. Com pot ser que no te n'adonis? Ni tan sols en té la culpa, ell: la necessitat de vegades obliga la gent a fer coses que no farien, a saltar-se totes les regles. Jo no vull dir que sigui mala persona. Només és pobre. De vegades els pobres perden el cap. Entens això que et dic, Mara? Per què no dius res? M'escoltes? Et molesta que sigui tan sincera amb tu? Les amigues també són per a això, penso...

Per descomptat que m'estava molestant! Però no que fos directa i sincera, sinó que de debò pensés tot allò que estava dient. Vaig fer esforços per no cridar quan li vaig dir:

—T'escolto, Olga. Però no t'entenc. No sé si m'estàs dient que sóc tonta, si l'acuses a ell de ser un lladre, o només mires de fer campanya a favor del Sergi.

—Ja m'ho imaginava, que no em voldries escoltar! Les veritats no ens agraden!

—T'equivoques! El que no m'agrada és que no respectis les meves decisions.

—Com vols que et respecti si veig que t'equivoques?

—Potser ets tu qui s'equivoca! L'Isma no m'ha demanat res!

—Encara no! Però ho farà.

—I tu com ho saps?

—I tu com pots ser tan idiota?

—I tu tan... tan...

Ho vaig deixar córrer. Anava a dir «racista», però la paraula em va fer mal.

Genial. Vam fer més de la meitat del viatge empipades. Quan vam arribar, l'Olga va baixar del cotxe sense fer-me els dos petons de sempre. El seu comiat va ser una sola paraula, curta i glaçada:

—Adéu.

L'Artur, és clar, no va dir ni fer res. Només va arrencar el cotxe i va marxar cap a casa. En silenci, amb discreció, amb professionalitat.

Com si no hi fos.

Lladres

ELS VAIG VEURE NOMÉS ENFILAR EL CARRER que mena fins a casa. Els acampats havien tornat.

Aquest cop no n'havien tingut prou amb ocupar el solar que queda enfront de casa, sinó que omplien la vorera amb tendes i pancartes. Bloquejaven l'entrada completament.

Així que van veure el cotxe en què m'acostava van començar a cridar les seves consignes. Portaven samarretes blanques on es podia llegir: «BancaWorld = Lladres», «BancaEstafa, torna'ns els nostres diners» o bé «BancaWrong roba els pobres i els vells». Però el missatge que em va fer més mal va ser el que portava una dona jove: «Casillans estafador», posava.

—Aquesta gent no es cansa de molestar! —va protestar l'Artur, que va aturar el cotxe a pocs metres d'ells i va buscar el mòbil en una butxaca de la porta.

Vaig aprofitar per mirar els manifestants. Em van semblar persones normals i corrents. Hi havia homes i dones, grans, de mitjana edat i també joves. El més gran devia tenir més de setanta anys. La noia de la pancarta que insultava el meu pare devia tenir si fa no fa la meva edat. Tots miraven cap al cotxe i cridaven les mateixes consignes que hi havia escrites a les pancartes. No podien veure'm, perquè els vidres del nostre cotxe, amb l'excepció del de davant, estaven tintats. Semblaven molt enfadats, i també al límit de la seva capacitat de resistència.

—Quant temps fa que protesten? —vaig voler saber.

—Uns quatre mesos —va dir l'Artur—. Tot i que avui han vingut reforços i semblen més emprenyats. Deu ser que han vist les notícies.

—Què passa amb les notícies —vaig preguntar, però l'Artur no em va contestar.

El nostre xofer va marcar un número que tenia memoritzat en el telèfon. De seguida va contestar algú que ens volia ajudar i ell li va explicar què passava.

—Hola, sóc l'Artur. Sí, ja hi tornem a ser! Han bloquejat la porta del domicili del senyor Casillans i la senyora Armengol —va dir—. Sí, sí, això mateix, al mig del carrer. Els atropellaria sense pensar-m'ho, de debò. (...) No ho sé, deuen ser... calculo que uns trenta, si fa no fa. (...) Negatiu: no veig cap arma. No, pedres tampoc. Però d'aquests no te'n pots refiar mai, ja ho saps. (...) D'acord, us espero dins del cotxe.

L'ajuda no va trigar a arribar ni deu minuts, però se'm van fer eterns. Un cotxe va sortir del no-res i va aturar-se al davant del nostre. En van sortir tres guàrdies de seguretat que portaven l'uniforme de l'empresa que vigila casa nostra. Van acostar-se al grup i els van demanar, amb força mala educació, que sortissin del davant de la porta. Només uns quants van fer cas. Hi va haver crits i alguna empenta. L'Artur esbufegava, com si tot allò fos un daltabaix molt gros.

Al cap de poca estona va arribar la policia. Portaven porres i gastaven molt mal geni. Semblaven decidits a posar fi a aquell problema en un tres i no res. A la seva manera, és clar. Van empènyer els manifestants amb les pitjors maneres. Alguns es van enfadar tant que van començar a clavar cops al cotxe. Llavors van començar les detencions. Alguns dels manifestants van acabar emmanillats dins del cotxe patrulla.

D'altres van fugir. A la televisió l'endemà van dir que no s'havien produït «danys materials» però jo vaig veure els guardes de seguretat destrossant les tendes de campanya a puntades de peu.

Abans que el nostre cotxe arrenqués, la dona jove va voler saber qui viatjava dins del vehicle. Va enganxar el nas al vidre de la meva finestra. Durant uns quants segons, el seu rostre i el meu van estar a pocs centímetres, separats només per un vidre fosc. Ella no em va poder veure gaire bé. Jo, en canvi, me la vaig mirar amb deteniment. Em va semblar una dona jove, forta, que no estava disposava a rendir-se fàcilment i que tenia moltes raons per no fer-ho.

—Per què protesten? —vaig preguntar al nostre xofer.

—Ni ho sé ni m'importa! —va concloure ell, mentre la porta blindada de casa nostra es tancava amb un cop sec i el cotxe enfilava el camí del jardí, en direcció a l'oasi de casa meva. Un lloc perfecte on sempre hi ha harmonia i pau, on tot és bonic i on mai cap desgraciat arriba per alterar l'ordre amb els seus crits histèrics.

Laura

NO TOTES LES CONSEQÜÈNCIES DE SORTIR a les revistes han de ser dolentes. Tan bon punt vaig arribar a casa, la Fernanda em va dir que hi havia una noia esperant-me a la biblioteca.

—Li he dit que arribaries tard però no ha volgut marxar de cap manera. Fa més de tres hores que s'espera.

Vaig entrar a la biblioteca molt intrigada.

Asseguda al sofà, al costat de la prestatgeria amb els llibres de dret hi havia la Laura, la noia que havia conegut a les proves de teatre. Anava vestida de color blanc, com sempre.

—Quin lloc més bonic —va dir, assenyalant les prestatgeries—. Si visqués aquí no sortiria mai d'aquesta habitació.

Vaig somriure. Quan vius al paradís, t'acostumes a veure'l sempre i somies el que hi ha fora. No sé on ho vaig llegir.

—Com has sabut que visc aquí?

—Fàcil. La teva casa és molt famosa. Surt a la tele. I tu també ets famosa. —Em va ensenyar un paper doblegat i arrugat que portava a la butxaca. L'havia retallat d'una revista. Hi sortia jo el dia de la meva festa.— Per cert, per molts anys.

—Gràcies. Has vingut fins aquí només per felicitar-me pel meu aniversari?

—És clar que no. He vingut per donar-te les gràcies.

—Per què?

Sabia bé per què em donava les gràcies, però vaig estimar-me més dissimular.

—El dia que vam estar parlant de la matrícula et vaig explicar que no m'havien concedit la beca —va dir—. És molt estrany però l'endemà em van trucar de la secretaria de l'Institut del Teatre per dir-me que algú havia pagat la meva matrícula. Així, sense explicacions. Vaig haver de demanar que m'ho repetissin unes quantes vegades. Ni tan sols la noia que m'ho deia s'ho acabava de creure. No li havia passat mai, em va dir. Vaig preguntar si sabia qui ho havia fet, però no em van dir res. Pel que es veu, la persona que em va ajudar els va demanar que no m'ho diguessin. Vas ser tu, oi?

—Ja et vaig dir que no havies de perdre l'esperança. De vegades les coses canvien de cop i volta.

—És a dir que el meu àngel anònim...

M'agradava allò d'«àngel anònim». Vaig somriure.

—Quan et vaig conèixer no sabia que a més de tan bona actriu eres milionària. Quina sorpresa! Només volia dir-te que si et vaig explicar tot allò no va ser per treure't diners —va explicar.

—Ho sé. No t'estic demanant explicacions.

—T'ho tornaré, t'ho prometo. Fins al darrer cèntim.

—No cal, no diguis bestieses! Només són diners, Laura. No són importants.

Va forçar la vista, per mirar-me més bé, o potser per veure aquelles coses que no es veuen per fora.

—Per què corre aquesta imatge tan equivocada de tu? Tu no ets com la tele diu. Em penso que tota aquesta gent que parlen malament de tu i de la teva família no et coneix gens ni mica.

Les paraules de la Laura van ser un gran regal. El millor que em podria haver fet en aquell moment de la meva vida.

Com fan diners els rics

L'ARTUR M'HAVIA PARLAT DE LA TELEVISIÓ. Jo no la miro gaire, només per veure sèries, i gairebé sempre per Internet. Els meus pares arriben tard a casa i mai no veuen les notícies. El pare diu que s'estima més estar informat pels diaris. No és estrany que a casa meva sigui difícil estar al dia de l'actualitat.

Vaig haver de buscar la notícia a Internet, i va ser molt més fàcil del que m'havia pensat. Vaig trobar un munt de referències a BancaWorld, al pare, a la mare i a l'avi. En moltes d'aquelles notícies deien que eren uns estafadors, uns mentiders o uns lladres, tres paraules que em feien mal cada vegada. Vaig llegir-ne alguna, amb molta sorpresa. La meva confusió va anar augmentant a mesura que en vaig anar coneixent els detalls. Els periodistes parlaven d'una estafa. «L'estafa de les preferents», deia. Jo no sabia què eren, les accions preferents, però no em va costar gens imaginar que tenien alguna cosa a veure amb el banc. Una d'aquelles coses que costen d'entendre quan vols anar de pressa, com sovint passa amb l'economia.

També vaig veure alguns vídeos. A gairebé tot arreu sortien persones que havia vist a les acampades al davant de casa. L'home que havia provat d'evitar que entrés aquell mateix dia n'era un. Parlava davant d'un micròfon i semblava molt enfadat. El vaig escoltar atentament.

—No marxarem fins que el senyor Casillans surti a negociar amb nosaltres. No hem tingut cap més solució que acampar aquí. Pensem que durant anys ens han estat prenent el pèl i ningú no s'ha preocupat de nosaltres. No tenim res a perdre i a més tenim la raó. No pensem marxar.

Vaig buscar més informació. A tot arreu es parlava d'aquells productes financers de nom estrany. La terminologia no era fàcil (almenys per a algú com jo, que mai m'havia interessat per aquestes coses). Vaig entendre que BancaWorld els havia mentit quan van invertir els seus diners en operacions del banc. Molts s'havien arruïnat, i ara el banc els deia que la decisió l'havien pres ells sols i se'n rentava les mans. Algunes persones s'havien arruïnat completament. D'aquestes, molts eren gent gran i senzilla, que s'havia refiat de nosaltres per invertir-hi tots els seus estalvis. Ara s'havien quedat sense res i els directius del banc no havien donat la cara, no els havien donat cap explicació ni els pensaven demanar disculpes.

Em va saber molt greu. I vaig sentir molta ràbia, també.

Vaig prendre una de les meves decisions boges: aquella nit, jo també acamparia davant de casa meva. Volia escoltar tot allò que aquella gent havia de dir. Els volia conèixer, i sentir les seves queixes.

Un cop vaig haver planejat la meva estratègia, vaig trucar a la meva millor amiga. Necessitava que m'ajudés.

—Escolta'm bé, Olga —li vaig dir—, m'has de fer de coartada.

A l'altra banda vaig sentir la seva respiració desconcertada. Vaig continuar:

—Encara estem enfadades, marmota? Com vas?

—Ets una tossuda —va fer.

—I tu més —vaig replicar—, i a sobre fas com si fossis la meva mare. Què hi ha de tot allò que les amigues s'han d'ajudar i bla, bla?

Va fer una mena de grunyit sord, que vaig entendre com una invitació a signar la pau.

—No m'agrada gens estar enfadada amb tu —vaig reconèixer.

—I a mi tampoc —va dir ella.

—Escolta'm, marmota, avui diré a la meva mare que vinc a dormir a casa teva. M'has de cobrir.

A l'altra banda, la meva amiga va fer veu d'espantada.

—Has quedat amb el cambrer? Vull dir, amb l'Isma.

—No. Ja m'agradaria.

—No deus pas haver quedat amb el Sergi? —Ara el to era d'alegria amb incredulitat.

—És clar que no! Deixa de dir bestieses, vols? No és per res de cap noi. Això és molt més seriós.

—Ah, sí? —Pel to, era evident que no tenia ni idea del que em passava pel cap.

—M'estimo més no explicar-te res, de moment.

—No faràs res estrany, oi?

—Que noooo. Tu cobreix-me i confia en mi. Ja t'ho explicaré.

—D'acord.

La resta va ser fàcil. Vaig posar-me uns texans, una gorra, una samarreta i unes vambes. Vaig ficar dins la motxilla algunes coses imprescindibles: paper higiènic, una ampolla d'aigua, el raspall de dents, la meva tenda de campanya per a dues persones, el sac de dormir, un paquet de magdalenes i un altre de barretes de pega dolça.

Bé, això de la pega dolça i les magdalenes no era tan imprescindible. La pega dolça és el meu únic vici. M'encanta! Me'n vaig endur un paquet pensant que potser li agradaria a algú més. També vaig agafar una llanterna, un quadern i un bolígraf. No se m'acudia res més. Vaig decidir que així ja estava bé. Vaig sortir de casa per la porta de servei (que és al darrere). Vaig caminar seguint la nostra propietat fins que vaig ser a la rotonda. Em vaig allunyar un bon tros perquè ningú no endevinés d'on venia i un cop davant l'esplanada vaig travessar el terreny, directament al lloc on s'estaven els manifestants.

—Us he vist a les notícies i m'han vingut ganes d'afegir-me a la vostra causa. Puc?

Em van rebre amb simpatia. Vaig treure les magdalenes i la pega dolça i les vaig compartir. Tot va volar en molt poca estona. Les llaminadures van despertar comentaris d'entusiasme.

—Ostres! Feia anys que no tastava la pega dolça! —va dir el senyor que havia sortit a la tele.

—És boníssima! —va afegir la noia jove que havia vist portant la pancarta contra el meu pare.

Va ser ella, precisament, la que va ajudar-me a muntar la tenda de campanya al costat de les altres.

—Em dic Melissa —va presentar-se—. I tu?

Primera decisió important. No podia pas dir el meu nom autèntic. Fins al dia de la meva festa d'aniversari, la meva foto no havia sortit a cap revista ni a cap diari. Això és perquè els meus pares es van preocupar que portés una vida normal, com la de qualsevol persona de la meva edat. En canvi el meu nom fa molts anys que sona a la premsa de tot arreu. Fins i tot una revista americana va incloure'm a la llista de les hereves més riques del món. Quina vergonya!

—Jo, Marta —vaig dir, en fer servir el primer nom que em va venir al cap.

—A tu també t'han estafat?

—No. Però em sap greu el que us han fet a vosaltres.

—Llavors, gràcies per venir. Com més serem, més forts.

La Melissa i jo vam asseure'ns al davant de la meva tenda. Ella portava un termos de cafè i el va compartir amb mi. Mentrestant em va anar explicant la seva història, tots els motius que tenia per odiar tant el meu pare com per passejar-se amb una pancarta en contra d'ell les vint-i-quatre hores del dia. El seu avi, em va dir, havia treballat molt durant tota la vida, des que als anys seixanta va arribar aquí emigrant i es va establir precàriament a la nostra ciutat. Va passar moltes misèries, però de mica a mica se'n va sortir, va aconseguir estalviar quatre xavos, va criar els seus quatre fills i es va comprar un pis. Quan es va jubilar, una de les treballadores de BancaWorld el va convèncer que invertís tots els seus estalvis i els diners que havia rebut de la jubilació en unes accions noves plenes d'avantatges. El seu avi no en sabia res, d'invertir en borsa, i menys encara de productes financers tan complicats, ningú no li havia parlat mai d'operacions de risc, i segur que si algú ho hagués fet hauria decidit no arriscar-se. L'avi de la Melissa amb prou feines sabia llegir: no va repassar la lletra petita del contracte (no sabia que ho havia de fer), allà on quedaven clares tota una sèrie de clàusules abusives, totes a favor del banc, que serien la seva ruïna. Va refiar-se d'aquella noia amb què parlava sempre, que coneixia del barri des de petita, que li somreia des de l'altre costat de la taula de la seva oficina i li repetia que aquella operació li portaria moltíssimes sorpreses que no s'esperava.

En això últim havia dit la veritat, i tant. Les sorpreses van ser moltes i molt grosses, però també molt desagradables. L'avi de la Melissa va perdre tots els seus estalvis. Quan va anar a reclamar a la seva oficina, li van ensenyar el contracte que havia signat i li van recordar totes aquelles clàusules de la lletra petita, de les quals ningú li havia explicat res. Li van dir que quan va signar bé devia saber què arriscava. Ell va dir que no, que no en sabia res, que l'havien enganyat. Van arronsar-se d'espatlles i van tornar a ensenyar-li el contracte. Va dir que volia veure la noia que l'havia enganyat. El van informar que aquella treballadora estava de baixa (per depressió) i que no podien parlar amb ella ni preguntar-li res. S'havien de seguir alguns procediments. Ell va dir que volia que l'ajudessin a recuperar els seus estalvis, tot allò que havia trigat tants anys a aconseguir. Estava en el seu dret i volia que l'hi retornessin. Un altre cop, van arronsar-se d'espatlles.

L'avi de la Melissa va veure's abocat a la misèria. No es va atrevir a explicar el que havia passat. Se sentia culpable d'haver-ho perdut tot. No va voler demanar diners a ningú, ni als seus fills. Va perdre el pis. El mateix dia que el desnonaven es va suïcidar, cansat de patir. Al seu enterrament no hi va anar cap representant de BancaWorld, és clar. Encara devien estar contents d'haver-se'l tret de sobre.

—Ho sento moltíssim, Melissa —vaig dir, després d'escoltar la seva història amb un nus a la gola.

—Però encara hi ha més coses —va continuar ella—. Saps què va fer el Casillans mentrestant?

—Què? —Tenia el cor encongit, no volia saber-ho.

—Ell també havia comprat accions preferents. Per a ell i per a la seva família. Una setmana abans que perdessin tot el seu valor als mercats, va donar l'ordre als seus treballadors que les venguessin totes i tan de pressa com fos possible. Va donar ordres molt concretes i va ocupar només en això diversos treballadors. Per descomptat, les va aconseguir vendre. Els que les van comprar ho van fer sense saber que en pocs dies perdrien tots els diners que estaven invertint. El Casillans, en canvi, ho va recuperar tot, no va perdre ni cinc. I la seva família tampoc, és clar. Les accions de la seva dona i de la seva filla també es van vendre.

—La seva filla? —vaig preguntar, molt sorpresa.

—I tant! Ella soleta tenia més de deu milions d'euros en preferents. Deu milions, Marta! Tu els has vist junts algun cop? O tens aspiracions de veure'ls mai? Per a ells no és res, menudalla. No tenen ni idea del mal que ens fa conèixer les xifres concretes de les seves fortunes. Per a què serveixen, deu milions? Són realment necessaris? No crec que s'ho hagin preguntat mai, aquesta gentussa. Ben al contrari. Aquesta és la manera com els rics fan diners: fan servir informació confidencial en benefici propi mentre fan mal als més pobres, a qui neguen aquesta mateixa informació. El meu avi va morir però aquella filla de puta de l'Amaranta Casillans se'n va a estudiar a una de les universitats més cares dels Estats Units el curs vinent, com si no hagués trencat mai un plat.

—Com ho saps que se'n va als Estats Units?

—Ho diuen les revistes.

Un cop més el cor se'm va disparar. Vaig recordar de sobte els periodistes del dia de la meva festa. Aquelles fotos horribles, amb el pentinat fastigós de senyora de quaranta i el maquillatge de mico.

—I com és?

—No vaig mirar les fotos —va dir la Melissa—. De mirar aquella aprofitada em vindrien basques, segur.

Vaig respirar, una mica més alleujada. Per primer cop vaig alegrar-me de la pinta que vaig lluir el dia de la festa. Encara que la Melissa s'hagués fixat en la foto, no m'hauria pogut reconèixer perquè aquella no era ben bé jo. Era jo disfressada al gust de la meva mare.

Vaig quedar-me pensant una estona, mirant d'entendre alguna cosa del que estava passant.

—Has pensat que potser l'Amaranta Casillans no sabia res de tot això de les accions que m'acabes d'explicar...?

—Au, va, sisplau! I tant que ho sap! I li sembla molt bé! —La Melissa em va mirar com si hagués dit la bestiesa més gran del món.— Com vols que no ho sàpiga?

—I si els seus pares no l'hi haguessin dit? Potser ella no hi està d'acord, amb tot plegat.

—Mira, no en tinc ni idea, però igualment la imbècil aquesta és culpable, o ho serà en el futur, quan pugui prendre les mateixes decisions i es transformi en un monstre, com els seus pares. O potser encara pitjor i tot.

Un altre sobresalt. Allà lluny, a l'altre costat del carrer, vaig veure el nostre cotxe. Conduïa l'Artur. Era una mica massa d'hora perquè la mare tornés a casa, però encara menys probable que fos el meu pare. Vaig calar-me la gorra fins a les orelles i vaig amagar-me una mica rere la Melissa, per tal que no em veiessin.

Encara que sembli increïble, just en aquell moment vaig notar que m'arribava un missatge de la meva mare. Quan el cotxe va passar pel meu davant la vaig poder veure: feia com qui no s'adonava de la presència dels manifestants amb el vell truc de mirar la pantalla del mòbil molt atentament. Vaig afanyar-me a treure el so al meu telèfon, per si algú se n'adonava.

Vaig llegir el missatge.

«Aquesta nit tenim convidats. El sopar és a les nou en punt al menjador de dalt. Posa't guapa (a la meva manera)».

Vaig esbufegar. Quin pal. Allò em trastocava els plans completament. Vaig mirar d'evitar-ho:

«Sóc a ca l'Olga, mare. Avui em quedo a dormir aquí. Disculpa'm amb els convidats, sisplau».

«Ni t'ho pensis!!! A les nou EN PUNT a taula!».

Costa molt escriure tota una paraula en majúscules en aquests programes de missatgeria instantània. La mare tenia un gran interès. Qui devien ser els convidats? Un inversor important i els seus socis, un multimilionari rus i la seva ensopida dona? El director del Banc d'Espanya i el seu gendre? Els dos nous capitalistes d'una gran multinacional?

El cotxe va aturar-se un moment davant la porta blindada del nostre jardí, mentre els manifestants picaven al maleter i alçaven les pancartes. Sabia que la mare no mouria ni un múscul, en veure tot allò. Ben al contrari. Faria un comentari breu a l'Artur, per la molèstia, i li diria que avancés molt lentament, per no fer mal a ningú, i ella entraria a casa sense cap arruga al vestit. Talment com si aquella gent no existís. Només sentia indiferència.

També sabia què venia tot seguit: l'Artur tenia el telèfon a la mà, faria una trucada i passarien coses. La Melissa també ho sabia.

—Jo de tu marxaria ara —va aconsellar-me—. Si no és que vols passar la nit a la comissaria. T'han arrestat algun cop?

—Mai.

—Ja m'ho pensava. Llavors, val més que marxis. Fes com nosaltres. Toca el dos ara mateix.

Vam deixar allà les tendes de campanya, el termos de cafè, la bossa buida de la regalèssia i fins i tot algunes pancartes. Quan la policia va arribar, no quedava ni rastre de nosaltres.

Em penso que la meva vida de manifestant va ser la més breu de la història de la humanitat.

Grans negocis

EL «MENJADOR DE DALT» ÉS EL DE LES GRANS OCASIONS i també el que fem servir quan la mare vol impressionar els convidats. És més gran, té més llum i a les parets hi ha penjats quadres de Tàpies, Picasso i Dalí. Només de pensar quant valen, se't talla la digestió (de l'esglai o de l'enveja, això depèn de cadascú).

Quan sopem allà, la Fernanda para una taula digna d'un banquet reial: les millors estovalles, la nostra vaixella més impressionant, la de porcellana alemanya, la cristalleria de les celebracions, els coberts de plata, que fan conjunt amb els estalvis... En el menú hi sol haver llamàntol, llagosta, caviar de beluga, foie gras i ostres. I, per descomptat, xampany francès, whisky envellit en bóta i una degustació d'aigües minerals (aquesta és la darrera excentricitat del meu avi, que té prohibit l'alcohol).

Odio els sopars formals en general i els dels meus pares en concret. No m'agrada gens el marisc, odio les ostres amb tota l'ànima i no bec xampany. Durant aquestes vetllades passo l'estona trobant a faltar el menjar normal, com ara una amanida de patates o uns macarrons amb salsa de tomàquet. Em penso que alguns dels convidats pensen el mateix, però no s'atreveixen a dir-ho. Després hi ha els temes de conversa, tan avorrits com el menú. Els convidats no són mai de la meva edat i de vegades s'adormen després de les postres. Resumint, és sempre el mateix guió. Horrorós.

Aquell dia, en canvi, va ser diferent. Em vaig enfadar molt amb la mare quan vaig veure els pares del Sergi, acompanyats dels seus dos fills. El Sergi i el Pau portaven esmòquing, igual que el seu pare (i el meu). La seva mare portava un vestit vermell d'estil oriental que li quedava fatal i feia que semblés un botifarró.

L'avi també era allà, i això era tota una novetat, perquè demostrava que aquell sopar era important de debò. L'avi no portava esmòquing, ni tan sols s'havia posat una jaqueta. A l'avi li agrada dir que qui mana pot vestir com vulgui. Doncs això.

L'avi va seure al cap de taula. A l'altre, per cortesia dels meus pares, va seure el pare del Pau i el Sergi. La mare va dir que jo havia de seure entre tots dos germans. És a dir, al costat del Sergi, el delator.

Mentre tothom ocupava els seus llocs vaig acostar-me a la mare, que portava penjats les seves millors arracades de maragdes i el seu millor somriure, i li vaig dir a cau d'orella:

—En algun moment deixaràs d'intentar-ho tot perquè sigui la nòvia del Sergi?

Em va mirar feta una fúria. La mare no suporta que trenqui les normes de les reunions socials i la deixi en evidència.

—No murmuris, mal educada —va replicar, sense gairebé aixecar la veu (ni esborrar el seu somriure perfecte)—. Ni siguis tan egocèntrica. El sopar d'avui no té res a veure amb tu. Espero que no ho espatllis tot amb la teva cara de pomes agres. És molt important per al banc i per a nosaltres.

Cara llarga, la del Sergi. No va dirigir-me la paraula en tota la nit o ho va fer en un to molt desagradable quan no en va tenir altre remei. Durant l'aperitiu gairebé no va tastar res. Va menjar ostres —que eren a tot arreu—, però sense esma. Va evitar mirar-me tota l'estona i es va comportar com si jo no hi fos. Potser seguia els consells de l'Olga: si vols que t'estimi, ignora-la. Pobret!

La meva mare va adonar-se de tot, encara que no va deixar de somriure. De tant en tant em clavava una mirada ferotge, que podia interpretar-se com un «Què li deus haver fet, al pobre Sergi» o bé com «Pobre de tu si no ho arregles de seguida».

Va ser el sopar més insuportable de la meva vida. De tant en tant, algú aixecava la mà i demanava al cambrer:

—Més ostres!

Hi tiraven llimona, semblava que se les empassessin senceres, fent un soroll fastigós —slurps!—, i tot seguit feien un glop de xampany. L'avi va cruspir-se'n més de dues dotzenes. Com sempre que estava content, no va parar de menjar.

Però no s'acabava aquí. Encara era pitjor. La venjança del Sergi no s'havia consumat del tot. Estava més seriós que un indi sioux. Fins i tot el Pau estava més estirat que de costum, com si volgués demostrar-me que no podia ser amiga seva si feia mal al seu germà. Més enllà, a la zona d'adults de la taula, el meu pare i l'amo de Construcsa parlaven d'una operació financera a gran escala. Vaig sentir alguna cosa d'uns xalets a primera línia de mar, un hotel per a tres mil persones, el casino més gran del litoral mediterrani... Per descomptat, el projecte comportava el pagament d'algunes comissions... alguns suborns... i també alguns regals als polítics que havien d'aprovar les lleis que permetrien que tot allò anés endavant. Després del segon plat van desplegar un gran plànol del complex turístic i hoteler. La mare va preguntar què passava amb els ecologistes, que feia setmanes que protestaven i volien salvar la zona del que ells anomenaven «una agressió dels poders econòmics». El meu pare parlava molt segur d'ell mateix.

—Els ecologistes no agraden als jutges —va deixar anar, i es va posar a riure—. No m'estranya! Que pesats que són! Només saben parlar de balenes, cigonyes i tortuguetes. Sí, sí, totes aquestes bestioles fan molta llàstima, però no hi ha cap jutge que s'estimi les bèsties més que els xecs, us ho puc ben assegurar. Això ja és imparable, senyors!

—A més —va afegir el pare del Sergi i el Pau—, qui hi pensa, realment, en aquests animalons? Si construïm a la seva platja, ja en trobaran una altra. El món és ple de platges! Que se'n vagin i ens deixin tranquils d'una vegada! —I mirant l'avi va preguntar:— I vostè què n'opina, senyor Emili?

Llavors l'avi va eixugar-se els llavis amb un tovalló blanquíssim i va dir, molt tranquil:

—Jo penso que és més fàcil subornar jutges que tortugues.

Tots van esclatar a riure al mateix temps (inclosos el Pau i el Sergi). Tots menys l'avi, que menjava ostres en silenci. De tant en tant em mirava molt fixament durant uns quants segons. Després continuava menjant. Escoltava tothom amb un somriure de Mona Lisa als llavis, amb molt interès, però sense intervenir.

Després el meu pare va proposar un brindis amb xampany francès (de set-cents euros l'ampolla). Els dos directius van felicitar-se pel gran negoci que estaven a punt de tancar i la gran quantitat de diners que pensaven guanyar. El pare del Sergi i el Pau va parlar del que ell anomenava «els seus negocis amb la premsa». Va parlar de suborns, de diners, de promeses, de fer més pla el camí, de repartiment de guanys, de bombes informatives. El meu pare no parava de riure ni de donar copets a l'espatlla del seu nou soci. Estaven molt contents, deien que aquell era el negoci del segle, i que el meu pare feia anys que somiava tot allò. I també la mare, és clar, tot i que ella és més freda a l'hora de demostrar els seus sentiments.

—No hi ha res que no estigui en venda, senyors —va fer broma el meu pare, resumint—. Jo ho he sabut sempre i me n'he aprofitat quan ha calgut! Tothom té un preu, per honest que sigui. I el de segons quins periodistes acostuma a ser molt baix.

L'avi continuava en silenci, mirant-me, mirant-los, somrient des del seu enigma. Vaig preguntar-me què devia estar pensant, per què em mirava així. Jo començava a trobar-me fatal. Tenia moltes ganes de plorar i el pitjor era que no sabia per què. Aquella conversa em semblava d'allò més tètrica, la més terrible que havia sentit a la meva vida. Era allò el que havia d'aprendre? Hauria de saber com fan els negocis els grans empresaris, sempre de bracet amb el poder de debò, que són els diners? Era aquell el món on jo havia d'entrar? Com encaixava la meva relació amb el Sergi en aquell trencaclosques? Fins a aquella nit no havia vist mai tan clar que no volia ser com ells. Ara me n'adonava, més clarament que mai. Jo no volia tenir aquella mena de poder. No volia haver de subornar ningú ni fer regals als polítics que m'ajudessin. No volia fer fora els animals dels seus hàbitats. No volia estafar els més humils per ser una mica més rica.

I de sobte em va venir una altra pregunta, molt més inquietant. La noia del mirall em volia dir alguna cosa. I si al capdavall era això? Conèixer la veritat? Potser hi ha alguna cosa més important que la veritat?

L'últim brindis va tenir a veure amb mi. El va proposar el pare, i els ulls li brillaven de tanta felicitat.

—Vull que brindem per la meva filla, l'Amaranta —va dir, aixecant la copa—. Algun dia, quan acabi la seva formació, serà la nostra digna successora. La tercera generació al davant de BancaWorld! Estem orgullosos de tu, filla!

Vaig mirar de somriure, però hi ha moments en què és impossible per molt que t'hi esforcis.

La mare va arrufar els llavis. El Sergi va aixecar la copa a contracor i de seguida la va tornar a baixar. El director de Construcsa va fer dringar la seva copa amb la de l'avi, que també semblava satisfet. El meu pare va fer el mateix.

—No tens res a dir, Amaranta? Ens agradaria escoltar la teva veu en aquesta reunió —va dir-me el pare.

La mare va mirar d'evitar-ho. És bona psicòloga, sabia que allò no sortiria bé. Va alçar la mà. Va arrufar el nas.

—Jo... jo... —No em sortien les paraules.— Tot això no és del meu estil. Jo em penso que podríem trobar una solució que fos bona per a tothom, inclosos els ocells.

Van quedar-se tots muts, mirant-me. El Sergi i el Pau van fer uns ulls com unes taronges, com si no m'haguessin sentit bé, com si n'acabés de dir una de l'alçada d'un campanar o com si m'hagués transformat en un ésser d'un altre planeta amb banyes i pell verda. La mare va fer la cara de ràbia més terrible que recordo, i parlo de tota la meva vida.

—Brindem pels banquers amb un nou estil —va proposar l'avi, trencant el silenci que havia omplert el menjador de les grans ocasions.

I va alçar la copa, al mateix temps que em picava l'ullet. Tothom el va imitar, els cristalls van dringar i les tensions es van relaxar. Era l'efecte del gran patriarca. D'alguna manera, si el senyor Emili Armengol trobava bé la ximpleria que acabava de dir la seva única néta, no calia patir per res.

Després de brindar, l'avi va fer-me un senyal perquè m'hi acostés. Quan em va tenir a tocar va murmurar:

—Justament, Amy! És això el que espero de tu! Em penso que aquesta nit has après un munt de coses que t'aniran molt bé en el futur.

No vaig entendre res, però vaig alegrar-me que almenys una persona de la reunió no tingués ganes de tallar-me el coll.

El sopar va continuar sense novetats fins a les postres. La Fernanda és una pastissera magnífica. El seu pastís de gerds és insuperable. Tots li estaven lloant les gràcies quan de sobte va passar una cosa inesperada.

L'avi va deixar anar una mena de sanglot, va fer un bot i va desmaiar-se de cop.

Assegut a la seva cadira de rodes, s'havia tirat cap endavant i tenia un somriure congelat als llavis. Però el pes el va vèncer i va caure a terra amb un cop sec. Va quedar estirat sobre l'estora en una postura difícil.

El pare el va aixecar a corre-cuita i va mirar de tornar-lo a la cadira. Mentrestant, l'amo de Construcsa li va tocar el coll, just al damunt de la jugular, i va buscar-li els batecs del cor. Va fer una expressió greu, de cosa perduda, i va girar-se cap a la mare i cap a mi per dir-nos:

—Truqueu a una ambulància. De seguida.

Vaig fixar-me en un detall: l'avi ja no somreia.

La tristesa

L'AVI VA MORIR AQUELLA MATINADA, d'un atac de cor provocat per una intoxicació d'ostres mentre tancava la més gran operació immobiliària que havia fet BancaWorld en tota la seva història.

El funeral va ser multitudinari. Les notes que van publicar els diaris lloaven el seu nas per als negocis i la seva fermesa a l'hora de prendre decisions complicades. Fins i tot li van dedicar un programa en una cadena privada de televisió.

Va ser un cop que no esperàvem. Sobretot per a la mare, que sentia una gran admiració pel seu pare i que mai havia fet res sense el seu consell o la seva benedicció. Crec que va decidir refugiar-se en la feina per no pensar ni sentir gaire. Típic d'ella, que ha fet de la fredor el tret més característic del seu caràcter. També el banc va notar molt la pèrdua, que a curt termini va portar molts canvis. La meva mare va ocupar de seguida la presidència, tot i que el càrrec només va portar-li més tristesa i més fredor. El pare va estrenar el seu nou càrrec de gerent, el càrrec per al qual estava destinat des que es va casar amb la mare.

Per part meva, no ho vaig voler acceptar durant molts dies. El somiava, pensava que tornaria en qualsevol moment, parlava d'ell en present. No volia acceptar que s'havia mort. No ho podia fer. Havia estat massa important a la meva vida, l'estimava massa per deixar-lo marxar per sempre. Ni tan sols havia pogut acomiadar-me'n. Sentia terriblement la seva absència.

L'endemà de l'enterrament del meu avi vaig tornar a tenir notícies de l'Isma. Va enviar-me un missatge que deia: «Ja penso que deus estar molt trista pel que ha passat. Només volia que sabessis que des que he sabut la notícia per la tele no deixo de pensar en tu».

Em vaig posar a plorar com una nena petita. Entre llàgrimes vaig escriure un missatge, que era més aviat una petició de socors:

«Pots venir a casa meva, sisplau?».

No va contestar. No va trigar ni mitja hora a venir. Aquell dia els acampats no eren a la porta. Jo mateixa vaig baixar a obrir sense dir res a ningú. El vaig portar fins al garatge i ens vam refugiar dins del meu Chevrolet Corvette, com l'altre cop. No hi havia tornat a pujar des de la nit del meu aniversari.

La saviesa

ÉS POSSIBLE SENTIR ALHORA ALEGRIA I TRISTOR?

Com poden existir al mateix temps la desolació per haver perdut algú molt especial amb la felicitat d'haver trobat algú igualment important?

Dins del meu cotxe esportiu, quan encara tenia els ulls humits per les llàgrimes, l'Isma em va besar per primera vegada. Va ser un petó curt, suau, acompanyat d'una carícia tèbia a la galta. Va ser preciós, com els petons d'amor autèntic de què parlen els contes infantils. Per a mi va ser el primer. Estrany, dolç, preciós, com sempre havia somiat. L'avi acabava d'anar-se'n per sempre. L'Isma acabava d'arribar. El món de vegades busca com compensar-se.

Dins del cotxe, amagats del món, l'Isma em va explicar que el dia de la cita, feia dos dies, s'havia quedat esperant-me a la terrassa de la gelateria. Com que encara no sabia res de la mort de l'Emili Armengol, va pensar que me n'havia oblidat o que finalment havia canviat d'opinió. Em va confessar que aleshores es va adonar que jo era molt més important per a ell del que havia pensat.

També va pensar que no m'havia explicat res de la seva vida ni de la seva família, ni tan sols del seu país. Va preguntar-me si ho volia saber, vaig dir que sí, és clar, i em va explicar un munt de coses. El seu pare era un home de negocis bastant conegut a Rabat. Era amo d'una empresa de transports, d'uns quants supermercats i de no sé quantes coses més. Tenia tres germans i dues germanes. La Salma, que jo havia conegut, estudiava Dret a París i havia vingut a Barcelona a passar uns dies de vacances. Dels sis germans, tres eren a l'estranger i tres s'havien quedat treballant amb el seu pare. L'home era molt exigent, i l'Isma no el volia decebre. No suportava la idea d'haver de reconèixer que havia fracassat i que havia de tornar. Tot al contrari: volia trobar una feina i poder dir-li al seu pare que es quedava, que estava aprenent molt, que se'n sortia. S'estimava més no haver de tornar al seu país. El seu somni era obrir algun dia el seu propi restaurant de cuina internacional, si podia ser a la millor zona de la ciutat. Hi serviria els típics pastissos de mel i festucs, fets de pasta de full, però també altres coses. Llavors va treure un petit paquet de la seva motxilla, el va desembolicar i me'n va oferir el contingut. Una olor deliciosa va escampar-se per tot el cotxe.

—Te n'he portat. Pastissets de mel i festucs, els teus preferits. També porten canyella. Els he fet pensant en tu.

Eren boníssims.

—Jo em pensava que la teva família era pobra —vaig confessar.

—Ho veus? A tu també et sembla que em coneixes, però només em mires per fora. Tots fem el mateix.

Vaig haver de reconèixer que tenia raó.

No sé què hauria fet durant aquells dies si no hagués pogut veure l'Isma. Em va fer sentir estimada, em va consolar, em va oferir la seva ajuda, les seves paraules.

—La mort forma part de la vida, Mara, encara que sigui molt difícil d'acceptar —em va dir—. Per a què valdria viure si no poguéssim morir? L'important no és la mort, sinó viure plenament. Jo crec que el teu avi va tenir una vida feliç i que va marxar d'aquest món després de fer realitat els seus somnis. No et sembla que morir, en aquestes circumstàncies, potser no hauria de ser tan greu? Cal deixar que els nostres éssers estimats se'n vagin en pau.

Les paraules de l'Isma eren tan sàvies que em van fer rumiar.

—Per què en saps tant, de la mort? Dius coses que no diu ningú, ni tan sols les persones grans.

—El dolor ens fa més savis —va ser la seva resposta—. Per desgràcia, la mort i jo ens vam conèixer fa molt temps. Quan arribi el moment i t'hagis guarit del teu gran dolor, t'ho explicaré. Et parlaré de la meva mare, la persona més bona que he conegut mai, i que vaig perdre massa aviat. Però avui no, Mara. Avui ets tu qui necessita que l'escoltin.

Algú podria resistir-se a estimar l'Isma amb bogeria, després de sentir-li dir una cosa així?

El senyor notari

VAIG EXPLICAR A L'OLGA ALLÒ DEL TESTAMENT del meu avi, el que em va dir a la biblioteca la nit de la meva festa d'aniversari. Vaig ensenyar-li la targeta del notari que havia redactat el testament on dipositava les seves últimes voluntats. Li vaig dir que ara no sabia què fer, si comunicar-ho o no als meus pares, si anar-hi de seguida o si esperar-me uns dies.

—Què va dir el teu avi?

—Que hi anés de seguida, així que ell morís.

—Llavors ja saps què has de fer.

—M'hi acompanyes?

L'Olga va esbufegar, com sempre fa, però va venir amb mi. Una notaria s'assembla a la consulta d'un metge. A tot arreu hi ha despatxos i sales d'espera plenes de cares d'avorriment. La diferència és que en lloc d'infermeres hi ha unes senyoretes molt endiumenjades que caminen fent molt soroll amb els talons de les sabates. Aquestes noies parlen tota l'estona d'«el senyor notari»: «El senyor notari diu que espereu una mica», «El senyor notari us rebrà de seguida», «Veniu amb mi, sisplau, el senyor notari us espera».

El «senyor notari» era un home molt vell, gairebé tant com el meu avi. Estava assegut rere una taula immensa i brillant, i anava vestit com un ministre. Em va sorprendre perquè era més simpàtic del que jo m'esperava.

—De manera que tu ets la famosa Amaranta Casillans! —va ser la seva salutació.

—«Famosa»? —vaig murmurar—. No, no, jo no sóc gens...

—Ja ho crec que sí! L'Emili parlava molt de tu. Estava molt orgullós de la teva manera de ser, de la teva decisió, de la teva cabuderia. Deia que de tota la seva família tu eres qui més se li assemblava.

—Vostè i l'avi eren amics?

—Que si érem amics? Vam créixer junts! Durant molts anys vam anar junts a tot arreu. Mira! —Va girar-se i va agafar d'una prestatgeria una foto en un marc de plata i me la va ensenyar.—Vet-nos aquí!

Era una fotografia en blanc i negre. Hi sortien dos nois agafats per les espatlles, vestits amb l'uniforme d'alguna escola.

—Ens vam conèixer al col·legi, quan tots dos érem interns. Teníem deu anys. Què et sembla? Faltava moltíssim perquè tu vinguessis al món!

Em va emocionar molt veure aquella imatge antiga, una mica descolorida. De fet, gairebé no havia vist cap fotografia de l'avi quan era jove. No li agradava gaire ensenyar aquesta mena de records i quan va morir la iaia va decidir trencar totes les fotografies del seu passat. O potser les va cremar.

—L'avi no em va explicar mai res de la seva infantesa —vaig murmurar.

—Va fer bé. El passat ens fa dèbils —va dir el notari.

L'Olga escoltava atentament, impressionada pels descobriments que anàvem fent i intrigada per aquella frase misteriosa. El notari va encreuar els braços sobre la taula i va somriure.

—Tu em diràs com puc ajudar-te ara, noia. Tot i que ja m'ho imagino.

Vaig treure la targeta amb el seu nom.

—L'avi em va dir que vingués a veure'l. Em va parlar del seu testament. Volia que jo el recollís o alguna cosa així.

—Ets massa modesta, Amaranta. El teu avi va dipositar aquí el seu testament algunes setmanes abans de morir. Has d'estar present en l'obertura del document perquè ets la seva hereva universal, tot i que no l'única. Has de demanar als teus pares que em vinguin a veure, i tu els hauràs d'acompanyar. Només puc procedir a obrir el testament si hi sou tots tres. M'explico?

—I per això l'avi va insistir tant que vingués a veure'l? Només... Tot això ho podria haver dit a la mare!

—Si ho va fer d'aquesta manera, pensa que serà per alguna cosa. Crec que ningú en sabia res, del testament. Ningú llevat de tu, és clar. Segons la llei, un testament que s'ha atorgat més tard anul·la els anteriors. Potser els teus pares pensen que el testament vàlid és un altre, segurament la notícia els sorprendrà molt. Tot i això, has de seguir al peu de la lletra les instruccions que el teu avi et va deixar, Amaranta. No el decebis. Ell confiava molt en tu.

Tot allò em va deixar molt parada. De quina manera confiava en mi, el meu avi? Què volia dir, el notari? Potser parlava dels meus estudis d'economia als Estats Units? O potser del meu futur a BancaWorld, encara llunyà? Estava encara més sorpresa que abans d'entrar en aquell despatx.

—D'acord. Ho intentaré —vaig dir, aixecant-me, com si la reunió hagués acabat.

—Un moment, un moment —va dir el notari—. Hi ha una cosa que només t'afecta a tu i que t'he de donar. —Va obrir una carpeta de damunt de la taula, en va treure un sobre, el va mirar i va llegir:— «Per a la meva néta Amaranta Casillans Armengol. Prego que sigui lliurat en mà i personalment». Ja veus, el teu avi va deixar-me aquesta carta per a tu, i és evident que no volia que es perdés. Segurament conté informació important. Em va demanar que te la donés. Podries ensenyar-me un document per demostrar-me que tu ets tu, i així te la podré donar ara mateix? Ja sé que és estrany, però me n'he d'assegurar. Et sorprèn, tot això? Estàs nerviosa? No m'estranya. Jo en el teu lloc també ho estaria. I molt!

Estimada Amy

EM TREMOLAVEN LES MANS QUAN VAIG AGAFAR LA CARTA que em lliurava el notari. En el sobre deia: «Per a la meva néta Amaranta Casillans Armengol. Prego que sigui lliurat en mà i personalment». Vaig reconèixer la lletra elegant i punxeguda del meu avi —la lletra d'un home molt segur d'ell mateix—, escrita amb la seva ploma estilogràfica i amb la tinta de color blau fosc que sempre feia servir.

—Què vols fer ara? —em va preguntar l'Olga.

—Et sap greu que et digui que m'agradaria quedar-me sola? —vaig contestar.

—És clar que no —va dir, comprensiva—, truca'm si em necessites, d'acord?

Va fer-me una abraçada, va trucar al Pau per quedar amb ell i va marxar.

No podia esperar a arribar a casa per llegir la carta. Vaig entrar en un Starbucks i vaig demanar un suc de taronja. Vaig fer servir el codi imprès en el tiquet de caixa per entrar als lavabos per a clients. Em vaig tancar en un dels banys, vaig abaixar la tapa del vàter i vaig seure a prendre'm el suc i a buscar les forces que necessitava per obrir la carta del meu avi.

Primer vaig plorar una estona. Ho necessitava des que havia sortit del notari. Tenia un nus a la gola que m'ofegava i que cada cop es feia més gran. Només pensava que mai més tornaria a veure l'avi, ni tindria cap més conversa amb ell, que no compartiríem cap més partida de l'oca o del parxís, que mai més em diria totes aquelles coses boniques.

Així, de cop, la mort és molt dura, sí. Però encara ho és més uns quants dies més tard, quan tothom s'ha acostumat a pensar que aquella persona ja no tornarà i tu encara no ho pots acceptar.

Una mica més calmada, em vaig eixugar les llàgrimes i vaig llegir la carta:

Estimada Amy,

Si estàs llegint aquesta carta vol dir que he tret un sis tres cops seguits. O que he caigut a la casella 58 i m'han enviat a la sortida. O que he arribat a la 63 i he guanyat desaparèixer per sempre, deixar de fer la guitza a la resta de jugadors.

Com ja et vaig dir la nit del teu aniversari, ara ets l'accionista majoritària de BancaWorld. Totes les meves accions, llevat de la petita part que correspon legítimament a la teva mare, ara són teves. Això vol dir que tens molt poder i que hauràs d'aprendre a fer-ne un bon ús. No vull que et precipitis, tens molts anys per fer-ho. No cometis errors de principiant, això no faria per a tu. Has de tenir paciència. L'Hipòlit t'ajudarà d'entrada i sempre que et calgui. Està assabentat de tot (inclosa aquesta carta) i té instruccions molt exactes. Ell també pensa que BancaWorld et necessita i que faràs coses impressionants. És un home savi, li pots demanar consell sempre, té tota la meva confiança.

Encara t'he de dir una altra cosa: has d'estar preparada per a la sorpresa dels teus pares. Res de tot això entrava dins dels seus plans. De bon començament, s'enfadaran una mica, però no pateixis, no s'enfaden amb tu, sinó amb aquest vell emprenyador que els molesta quan ja no ho havia de fer.

Has d'actuar sempre segons la teva consciència. No t'espantis, no et deixis impressionar. El món de les finances és ple de presumits i de gent massa ambiciosa, i també de persones que només valoren els diners. Has de ser tu mateixa. El teu tresor més preuat és el teu cor. Escolta'l.

Per acabar, et vull demanar una cosa. No sóc ni he sigut perfecte. Vaig fer coses de les quals m'he penedit molt. No em culpis per aquests errors, sisplau. Pensa que tu ets la meva darrera oportunitat de fer alguna cosa per arreglar-los. Fes-ho, Amy. Arregla els errors del teu avi i així podré descansar en pau.

Sí, sí, ja sé què penses: que fins i tot ara que sóc mort he de venir a posar-me en la teva vida. Tens raó, sóc un manipulador, em fico allà on no em demanen, però serà la darrera vegada, t'ho prometo.

I recorda sempre com va, aquesta partida. L'important no és guanyar, sinó saber guanyar.

Tu has nascut per guanyar.

T'estimo molt.

El teu avi,

EMILI

Travessar la frontera

ELS EXPERTS DIUEN QUE ELS FANTASMES només travessen la frontera que separa el món dels morts i el dels vius quan estan desesperats de debò.

La desesperació dels éssers de l'altre món sovint té a veure amb les causes pendents. Potser van morir deixant alguna cosa per fer o pensant que no els comprenia ningú. I tornen per resoldre els seus problemes. Per això ens necessiten a nosaltres, els que encara respirem.

De totes les criatures del més enllà, les més terribles són les que volen venjança. Són pocs, però la ràbia els permet arribar una mica més lluny que als altres. De vegades no és estrany trobar-los al món real. Quan això passa, el millor és atendre'ls, prendre'ls seriosament, pensar que tard o d'hora ens tornarem a trobar, i aquell cop ells estaran en el seu terreny.

Els fantasmes no obliden. Odien aquells que no els van escoltar quan demanaven ajuda. Els esperen als peus del llit en la darrera hora, per passar comptes amb ells d'igual a igual.

Tot això expliquen els experts.

Quan ho vaig llegir, vaig entendre moltes coses. Vaig entendre per què feia dies que trobava la dona dels meus malsons a qualsevol banda. Sempre lluny, sempre mirant-me fixament. Un cop la vaig veure al centre comercial, un dissabte a la tarda, quan les botigues eren plenes de gom a gom.

Lluny, entre la gentada, ella em mirava, immòbil, amb els cabells llargs una mica despentinats i els ulls fixos en mi.

De vegades cridava. Vull dir que tenia la boca oberta en una ganyota horrible, però no feia cap soroll.

Quan baixava de l'autobús, la veia a la vorera del davant. Quan passava per un pas de vianants, ella era a l'altra banda. Però mai no travessava.

No podia evitar veure-la. Em seguia a tot arreu. Quan entrava a la meva habitació, ella m'hi estava esperant.

Anés on anés, no hi havia un sol lloc on pogués amagar-me d'ella. Perquè el lloc tant era. L'important era jo.

Olga

EN LÍNIA

Estàs desperta, Olga?
Em penso que m'estic
tornant boja
Deu ser la tristesa
He sentit dir que hi ha
persones que paren boges
després de perdre
un ésser estimat
Tu creus que m'està
passant alguna cosa així?
Suposo que dorms
És tard, ho sento
Parlem demà
Truca'm quan llegeixis
els missatges

No, no, no
Espera, sóc aquí
M'estava dutxant
Què et passa, bonica?

Avui fa una setmana
que va morir l'avi

Ja ho sé

M'he despertat de cop
fa una estona

Malsons una altra vegada?

No, aquest cop no
M'he despertat sense
cap motiu
No estic espantada,
però de sobte l'he vist
La dona dels meus somnis
Era aquí, t'ho prometo
Asseguda als peus del meu llit
Em mirava fixament

Mara, nena, calma't
Em penso que estàs nerviosa

És clar
I tu no ho estaries?

A veure
Dius que aquesta dona
dels teus somnis
era al món real

Sí, Olga
Era aquí

Això no pot ser, Mara
T'ho deus haver imaginat

Que no, Olga,
no m'ho he imaginat
Era aquí i em mirava

Mara, escolta'm
Vols que et truqui i parlem?

Val més que no
No vull despertar ningú

Va bé, doncs llegeix
atentament el que et diré
Això que dius no pot ser

No té ni cap ni peus
Segur que te n'adones

Doncs és clar que sí,
per això estic morta de por

Segur que encara estaves somiant
Tot té una explicació

No vull tornar a l'habitació
L'explicació no la vull saber

De vegades els somnis
es barregen amb la realitat

Olga
tinc por que encara sigui allà

Segur que encara no estaves
desperta del tot

Que no, Olga! Que no!
Escolta'm, sisplau
M'has de creure
Era allà, asseguda als peus del llit
amb aquella cara trista
i em mirava
molt fixament
Era ella

Ui, Mara, m'estàs espantant
Tens mal de cap?

Noooo

On ets?

M'he tancat al bany

I què penses fer?

No ho sé
No vull tornar
a l'habitació
Passaré la nit aquí

Esperaré que es faci de dia
Potser de dia desapareix

Això que dius és una bogeria

El pitjor és que des d'aquí
també la sento

La sents?
Què vols dir?

Tota l'estona diu una frase
Sempre la mateixa
Fa unes quantes nits que ho fa
És una frase estranya

Quina frase?

Irlanda tretze
No té cap sentit
Només això, un cop i un altre
Irlanda tretze
Pararé boja

Espera un moment

Ok
Olga?
Marmota!
On ets?
Per què trigues tant?
T'has adormit?

Ja sóc aquí
És clar que no m'he adormit
Estava mirant una cosa
Irlanda tretze
És una adreça
Carrer Irlanda,
número tretze

De debò? Com ho saps?

Hi ha una església a prop
La meva mare va fer
un projecte per restaurar-la
El carrer Irlanda
és al barri de Sant Andreu
Hi podem anar, si vols
I aclariràs el misteri

Vindries amb mi?

Ai, Mara. Algun cop
em demanaràs que t'acompanyi
a un lloc normal?
Quan hi vols anar?

Demà?

D'acord

Olga

Què?

Gràcies
per ajudar-me sempre

Ets la meva amiga
És la meva obligació

Sí, d'acord. Però gràcies

Fins demà, bonica
Per cert, te n'hauries d'anar a dormir
Encara que només sigui una estoneta

Sí

M'ho promets?

Ho intentaré

De debò?

Que sííííí

Va, no hi pensis més

Ho intentaré

Bona nit, bonica

Bona nit, marmota

La senyora Armengol

EN EL SEU DARRER MISSATGE, l'avi em va fer un advertiment: els meus pares no acceptarien fàcilment que jo fos l'hereva universal de tota la fortuna familiar. Ara havia arribat el moment de comprovar que l'avi tenia raó.

—Impossible! El meu pare va redactar el seu testament fa molt de temps! I l'hereva universal era jo, per descomptat. Això que esteu dient només pot ser un error o un malentès —deia la mare, davant d'un dels seus advocats més experimentats.

—Temo que no és cap error, senyora Armengol. Les persones canvien d'opinió. El testament que té valor sempre és l'últim. El seu pare va decidir canviar les coses, això és tot. Ho ha d'acceptar.

—I no ho puc revocar?

—Temo que no, senyora.

—Ni tan sols si és una autèntica bestiesa? A qui se li acut? La meva filla és massa jove per ser accionista majoritària! És claríssim que el meu pare no hi tocava quan va fer aquest testament. Es deu poder fer alguna cosa.

—Amb tots els respectes, senyora: la seva filla és major d'edat. I el seu pare estava en plenes facultats, segons va certificar el notari.

—El notari era íntim amic seu!

—Aquest detall no té cap rellevància.

—Exigiré a la meva filla que renunciï.

—L'hi pot demanar, si vol, però no exigir-l'hi. Tot això no és a les seves mans, per desgràcia. Estem parlant de la voluntat del senyor Emili, que ha quedat reflectida amb molta claredat en...

—La voluntat del senyor Emili és un disbarat com una casa!

Jo escoltava rere la porta, perquè ningú no m'havia convidat a la reunió. La mare va aixecar-se i va començar a caminar amunt i avall per l'habitació. Molt mal senyal, per cert. Ella està acostumada a enfrontar-se amb els consells de direcció més complicats sense ni tan sols canviar de postura. Estava realment desesperada, si necessitava moure's.

—Miri, faci el que calgui, però això no pot quedar així de cap de les maneres. Per això el pago, i no poc. Busqui una solució. El vull al meu despatx a les dues en punt, i vull sentir alguna cosa ben diferent o hauré de buscar algú altre que ho faci millor.

—Senyora Armengol, li recomano que accepti la darrera voluntat del seu pare, per molt que li sigui difícil. Li asseguro que qualsevol col·lega li dirà el mateix.

—No vull recomanacions! Vull solucions! D'aquí a tres dies hem d'informar la junta d'accionistes de totes les novetats i vull poder-los dir alguna cosa més que «El vostre destí i el de BancaWorld és a les mans d'una nena de divuit anys sense cap experiència»! Ja li he dit el que espero de vostè. Treballi!

La porta es va obrir i la mare va sortir de l'habitació, amb el cap ben alt, a molta velocitat i fent soroll amb les sabates. Al cap d'uns segons va sortir l'advocat, suant, amb cara de desesperat, posant-se bé el nus de la corbata.

«Pobre home, no m'agradaria gens ser a la seva pell», vaig pensar.

Irlanda tretze

DE CASA MEVA FINS AL BARRI DE SANT ANDREU hi ha un bon tros. Cal travessar tota la ciutat. Bufar i fer ampolles per a les Pink Ladies. A tres quarts de deu ja érem allà, al carrer Irlanda, buscant l'adreça dels meus malsons. Estava molt neguitosa.

El número tretze era una casa petita, d'una sola planta, situada al costat d'un bloc de pisos d'aquells tan alts. A l'entrada no hi havia bústia, només una porta fosca i una finestra que mirava al carrer i que tenia les persianes abaixades. Vam dubtar un moment abans de decidir-nos a trucar. Així que l'Olga va prémer el botó vaig adonar-me que no m'havia preparat cap discurs.

Van trigar una mica a obrir-nos. El silenci de l'altra banda era absolut, per això vam pensar que no hi havia ningú. Ja marxàvem quan vam sentir unes passes que s'acostaven per un passadís llarguíssim i el so d'alguns panys abans que s'obrís la porta i aparegués una escletxa de llum. Amb aquesta poca claror vaig veure una imatge que em va deixar gelada.

Era una dona de cabells llargs i arrissats, pèl-roja, amb els ulls molt oberts. La vaig reconèixer de seguida: era la mateixa dona que veia en somnis.

L'Olga va haver de parlar per mi, perquè les paraules no em sortien.

—Hola, podem parlar amb tu un moment? —va preguntar la meva amiga.

—Què voleu?

—Només parlar.

—No m'interessa comprar res, gràcies —va replicar ella, al mateix temps que feia per tancar la porta.

—Un moment! —va exclamar l'Olga—. És important. No som venedores.

—Llavors, què voleu? —L'escletxa va obrir-se un altre cop. Molt poc.

—Si ens deixes passar, t'ho explicarem. És una mica complicat.

La veu de la meva amiga no sonava gaire convincent. No l'hi podia retreure, de fet. Fins i tot a mi em feia vergonya explicar a aquella dona què fèiem allà.

—Us escolto —va dir, mirant per l'escletxa de la porta.

—Et faria res deixar-nos passar? No és un assumpte que puguem parlar així, al mig del carrer.

—Llavors haureu de marxar, noies, perquè tinc un munt de coses a fer.

—Ens envia la teva germana —vaig dir de sobte, sense pensar-m'ho gens, només per provar sort.

Va tenir el mateix efecte que si hagués pronunciat una contrasenya secreta.

La dona va obrir la porta. La vam poder veure bé. Era una mica més jove que la meva mare, però semblava més gran. No portava ni gota de maquillatge i duia una faldilla llarga i una samarreta de tirants.

—És una broma de mal gust o què? —va preguntar—. Qui sou?

—Jo sóc l'Olga —va fer la meva amiga.

I abans que jo pogués dir el meu nom va aparèixer una dona al fons del passadís i va començar a fer-nos senyals. Tenia els cabells blancs i la cara plena d'arrugues. Anava vestida amb una camisa de dormir també blanca, gairebé transparent de tan prima.

—Passeu, passeu, noies, sisplau. Benvingudes! —cridava, des de l'altra banda de la casa—. Sabia que havíeu de venir i us estava esperant. Ho he vist amb els ulls tancats. Passeu, passeu, seieu.

La doble dels meus somnis va fer cas a la dona, que potser era la seva mare.

Vam caminar pel passadís sense entendre gaire què estava passant. La vella ens esperava amb els ulls plens de llàgrimes, i va preguntar:

—Quina de les dues és l'Amaranta?

L'altra Amaranta

VAM FER MOLTS DESCOBRIMENTS AL CARRER IRLANDA número tretze. La història ens la va explicar la senyora de la camisa de dormir. Es deia Hortènsia i parlava de la seva filla petita. L'altra, l'Aurora, era la que ens havia obert la porta. Ens va demanar que seguéssim i ens va oferir te. L'Aurora va encarregar-se de portar-lo de la cuina. Mentrestant, l'Hortènsia ens va ensenyar una fotografia de les seves dues filles quan encara eren adolescents. S'assemblaven com dues gotes d'aigua, tot i que una d'elles era una mica més gran que l'altra.

—Aquesta és l'Aurora —va dir assenyalant la que era una mica més alta. Després va assenyalar l'altra.— I aquesta és l'Amaranta.

Vaig notar una cosa molt estranya en sentir el meu nom. Emoció, temor. Vaig fixar-me bé en la cara de la fotografia. No hi havia cap dubte: era la dona que veia en somnis. Més jove, més riallera, però era ella. I més real, és clar.

—La coneixes, oi? —va preguntar la vella.

Vaig mirar-la als ulls. Semblava una d'aquestes persones a qui res no la pot sorprendre perquè han viscut moltíssim. No em va fer res explicar-li tot el que m'estava passant. Vaig pensar que no l'espantaria per estrany que li pogués semblar. No m'equivocava.

—Fa dies que la veig en els meus somnis —vaig reconèixer, assenyalant la dona de la foto—. I va ser ella qui em va donar aquesta adreça.

—Ella volia que ens coneguéssim. A mi també em va avisar —va dir la dona.

—Ens diem igual —vaig murmurar—. No és un nom gens corrent. Jo crec que no és una coincidència.

—No és corrent, però és molt bonic. Vaig posar Amaranta a la meva filla per *Cent anys de solitud*. L'has llegit?

—Vaig fer que no amb el cap; el meu cor va començar a sonar fort com un tambor: era la mateixa explicació que tantes vegades m'havia donat el pare.— L'Amaranta és el meu personatge preferit, una noia molt especial i amb molt caràcter. És un nom que semblava fet per a ella. I també per a tu.

—Per què?

—Teniu moltes coses en comú.

Vaig mirar de nou la noia que somreia des de la foto. L'altra Amaranta. L'original? Potser sí. Ella va néixer abans. Ens separaven més de trenta anys. Ni tan sols podia sospitar què ens unia exactament.

—Com va morir? —vaig preguntar, amb un fil de veu que gairebé no es podia sentir.

—Estàs completament segura que vols saber la veritat? —va preguntar l'Hortènsia, agafant-me les mans—. De vegades la veritat fa mal. Sempre és intocable. Pot canviar les coses per sempre.

—He vingut per a això —vaig dir.

—Però encara ets a temps de marxar.

—No ho vull fer.

Ho vaig dir amb una seguretat que va deixar sorpresa l'Olga, que començava a estar més espantada que intrigada.

—D'acord —va dir l'Hortènsia—, llavors escolta atentament la història que t'he d'explicar.

David i Amaranta

EL DAVID I L'AMARANTA ES VAN CONÈIXER a la universitat. Ell feia tercer d'econòmiques i era l'estudiant més brillant de la seva promoció. Ella era una joveneta carregada d'il·lusions que acabava de passar la selectivitat amb bona nota. Van topar l'un amb l'altra en un lloc gens romàntic: la finestreta de la secretaria. Ella mirava d'entendre com havia d'emplenar els formularis de la matrícula. El David es va oferir a ajudar-la. Era tot amabilitat i simpatia. A més, era guapo. Tothom, d'una manera o d'una altra, el trobava encantador. Ell no feia res especial, però agradava a tothom. L'Amaranta li va semblar guapíssima, amb els cabells de foc i els ulls negres com la nit. Era tímida, de vegades li costava parlar, però tenia un somriure dolç i preciós. Era impossible no fixar-s'hi. Fins a aquell mateix dia, cap dels dos no creia en l'amor a primera vista. En canvi, hi van caure de quatre potes.

Després d'emplenar els papers el David va convidar l'Amaranta a prendre alguna cosa al bar de la facultat. L'endemà van anar al cinema. El primer petó va arribar abans que acabés la pel·lícula, que cap dels dos no va oblidar mai. Era *La llista de Schindler*. En sortir del cinema, l'Amaranta plorava amb tanta tristor que el David va voler consolar-la amb una abraçada molt forta. Ella va desitjar que l'abraçada no s'acabés mai.

L'Amaranta va viure durant un any i mig en un núvol. Estava boja pel David. L'admirava, el tenia com a model en tots els sentits. Volia ser una bona estudiant perquè ell se'n sentís orgullós. El David tenia molts plans de futur, tant per a ell com per a la seva nòvia. De moment, havia pensat fer un doctorat en alguna universitat privada i prestigiosa. Durant molt temps va treballar i va estalviar per pagar la matrícula, que era molt cara. Volia obrir una consultoria, especialitzar-se en el sector bancari, que era el camp que més li agradava i també un dels que més possibilitats professionals podia oferir (és a dir, on es podien guanyar més diners). L'Amaranta seria la seva sòcia a l'empresa així que acabés la carrera. Junts formarien el tàndem perfecte. El mestre més ambiciós i l'alumna més aplicada.

El David sempre ho va ser molt, d'ambiciós. Sempre va saber què havia de fer si volia fer realitat els seus somnis. I va tenir sort i coratge per intentar-ho.

Va conèixer la Diana Armengol en una conferència que va fer el senyor Emili als alumnes del curs de doctorat de la universitat privada. Ell era un dels millors alumnes de la universitat, els seus professors n'estaven orgullosos i li auguraven un futur brillant. La Diana va seure a la primera filera per escoltar el seu pare. Acabava d'arribar de la Sorbona, parlava quatre idiomes, tenia un posat fred i elegant que hipnotitzava. Tot i això, també es va enamorar de l'encant del David. Després de la conferència del famós banquer, ell va cridar la seva atenció formulant al conferenciant algunes preguntes molt intel·ligents. A l'Emili Armengol, que sempre va tenir bon ull per identificar el talent jove, aquell preguntaire li va fer gràcia. Quan va acabar la conferència va parlar amb ell un moment. La Diana va afegir-se a la conversa, tot i que amb aquella fredor tan seva que sempre la mantenia a anys llum de qualsevol forma de vida humana.

Abans de marxar, el pare li va preguntar a la filla si aquella tarda passaria a veure'l pel club de tennis. Va ser una pregunta innocent, que en canvi va canviar el destí de tots els presents. El molt ambiciós David Casillans ja sabia on podia trobar de nou la rica hereva del senyor Emili Armengol, que admirava per sobre de tot i l'obra del qual considerava irrepetible.

Quan l'Amaranta va saber la notícia, ja feia un parell de mesos que tothom n'estava al corrent. Tothom d'una altra classe social molt diferent de la seva, és clar: els socis del club de tennis, els habituals de les festes del senyor Emili, fins i tot alguns treballadors de BancaWorld, que havien vist la parella entrar-hi o sortir-ne moltes vegades. El David Casillans i la Diana Armengol estaven a punt de prometre's, després d'algunes setmanes de sortir junts. Corria el rumor que el David era el pitjor tennista del món, ben al contrari que la seva nòvia, però que progressava molt gràcies a les classes que rebia d'un entrenador personal boníssim. També deien que l'entrenador personal només havia estat part d'una estratègia per conquistar la noia més rica del club, i que es veia d'una hora lluny que el tennis no li interessava gens ni mica.

Per voluntat expressa del senyor Armengol, la petició de mà de la seva única filla va celebrar-se en la més estricta intimitat. Un dinar familiar al qual van assistir la seva dona, que ja estava molt malalta, una tieta encara més gran i alguns treballadors de molta confiança. La família era molt petita, perquè el senyor Emili també era fill únic. «L'única manera de conservar la riquesa és no disgregar-la», va ser un dels ensenyaments que havia rebut del seu avi i que va tenir molt present en els moments més importants de la seva vida.

El dia abans d'aquesta reunió familiar tan estirada, l'Amaranta i el seu nòvio van anar a dinar una hamburguesa al lloc de sempre. Vam demanar el mateix de sempre. L'Amaranta parlava i parlava, i li feia petons cada tres minuts, com sempre. Va trigar una estona a adonar-se que ell no era el mateix. Li va preguntar si li passava alguna cosa. Llavors ell li va dir l'última cosa que esperava sentir, una frase que ella no va entendre i que li va destrossar la vida. Ras i curt: el David havia pensat que el millor seria tallar per sempre.

—Però si tu m'estimes... —va replicar ella.

El David no ho va negar.

—Han passat coses —va fer—, i és millor que no ens vegem més.

—Com? Quines coses? Què passa? Per què em dius això?

El David no li va explicar la veritat. Només va dir:

—Ja ho sabràs, ara no t'ho puc explicar. Només puc demanar-te perdó i dir-te que t'estimaré sempre, Amaranta.

—Si m'estimaràs sempre, per què em deixes?

No hi va haver resposta. El David Casillans es va aixecar i va marxar del local. La seva hamburguesa va quedar intacta. La d'ella, també. Aquell menjar de sobte s'assemblava al seu futur junts. Perfecte, deliciós... i intacte.

Després van venir dies de desesperació, els més tristos de la vida de l'Amaranta. Sense el David res tenia sentit, ni tan sols sabia d'on treure les forces per llevar-se cada dia. Va saber per una revista que ell s'havia casat amb la filla de l'Emili Armengol, el banquer. Mai no havia sentit una tristor tan gran. Va deixar el pis compartit on vivia amb dues companyes de la facultat i va tornar a casa. Va tancar-se en un silenci despesperant i ningú no la'n podia treure. Dormia fins tard, es passava tot el dia tancada a la seva habitació, de vegades ni tan sols sortia del llit, no volia menjar. Mirava fotos tot el dia, plorava. Vam decidir portar-la a un psicòleg, amb l'esperança que un professional la pogués ajudar. Tot va ser debades.

Fins que, de sobte, el David va reaparèixer. Ja s'havia celebrat el casament. Treballava al banc del seu sogre i sortia constantment a les revistes. Encara estava més guapo que abans. Tenia aquell encant irresistible dels diners. Quan el vaig veure a la porta de casa meva, per poc no em moro de l'esglai. Van venir-me ganes de clavar-li una bona plantofada. En canvi, l'Amaranta no ho hauria permès. Ella es va llançar als seus braços i va començar a fer-li petons. Només repetia, una vegada i una altra:

—Sabia que tornaries, amor meu, sabia que tornaries...

I de sobte, com si ell estigués afectat per la mateixa bogeria, també va començar a dir disbarats:

—La vida sense tu és un infern, Amaranta. No podia estar ni un minut més separat de tu. Necessitava veure't com fos.

Des d'aquell dia, l'Amaranta va tornar a ser la que era abans. Va recuperar el seu bon aspecte i també el seu bon humor. Va començar a arreglar-se altre cop, va tornar a estudiar. Un dia em va anunciar:

—El David m'ha dit que quan acabi la carrera m'aconseguirà un lloc de treball al seu banc.

I un altre dia va dir:

—El David diu que vol posar el meu nom a la seva filla.

Quina bestiesa! Sóc una mare tolerant, que no s'esvera amb facilitat. Però allò ja passava de mida! Vaig decidir que havia de parlar seriosament amb la meva filla, li havia de fer veure que tot allò no estava bé. Vaig triar un diumenge a darrera hora. Ella acabava de tornar de fer un tomb amb el supercotxe del David. Li vaig preguntar què n'opinava, el xofer, de les escapades del seu nou cap. Ella va respondre:

—El David ha renunciat al xofer. Així pot venir-me a veure sense comprometre's cada cop que li vingui de gust.

No sé com vaig atrevir-me a dir-li allò que pensava. Em va semblar que ho havia de fer, això és tot.

—Filla, hem de parlar —vaig dir-li—. Em sembla que això que feu està molt malament. El David ara és un home casat. I espera un fill.

—No passa res, mare —va dir, amb un to de tranquil·litat absoluta—. Tant se val que estigui casat, perquè m'estima a mi.

Vaig fer que no amb el cap.

—No t'hauries de conformar amb tan poca cosa, Amaranta. Si t'estima hauria de deixar la seva dona i venir amb tu.

—No pot deixar la seva dona, mare, tu no ho entens —parlava com si el que deia fos el més normal del món—. La seva dona és la Diana Armengol, si la deixa hi haurà un gran escàndol. És millor així.

No m'ho podia creure! El David Casillans era una mala persona, però la meva filla era idiota.

—Llavors tu ja estàs contenta amb un home casat que té una altra dona? —vaig preguntar, bocabadada, tement la resposta.

—Jo l'estimo, mare. I ell m'estima a mi més que a ningú.

—No és veritat. L'única cosa que el David estima més que a ningú són els diners! Ves-t'hi acostumant! —Va arrufar els llavis. La veritat no és agradable de sentir.— I ja has pensat què faràs el dia que la seva dona ho descobreixi tot?

—La seva dona és freda com un tros de glaç. Mai no sap res de res, ni li interessa. No ens descobrirà mai.

Què ha de fer una mare quan veu que la seva filla s'equivoca? S'hi ha de ficar? Se n'ha de mantenir al marge, tot i veure que comet l'error més gran de la seva vida?

M'ho vaig rumiar molt. No va ser gens fàcil. Al final, vaig decidir ficar-m'hi. Mai no ho hauria d'haver fet.

Vaig escriure al senyor Emili Armengol i li vaig explicar tota la veritat. Li vaig dir que la meva filla era l'amant del seu estimat gendre. Li vaig dir que si no feia res per evitar-ho, ho explicaria tot a la Diana. Vaig pensar que ell també era pare i per tant estaria preocupat per la felicitat de la seva filla. Vaig pensar que ell sabria què calia fer.

Al començament, vaig pensar que tot havia anat bé. El David va deixar de trucar i de venir. No va donar cap explicació, simplement va desaparèixer. L'Amaranta no sabia què passava i jo no li deia res. Esperava que les coses es resoldrien soles, suposo. Esperava potser que ella conegués una altra persona, que s'enamorés de nou, que oblidés, que fes plans de futur... Només l'amor por guarir el mal d'amor.

Però res va passar com a mi m'hauria agradat.

Un dia, al davant de la porta de casa nostra es va aturar un cotxe amb els vidres tintats. Era el senyor Emili, el teu avi. Va preguntar per mi i va dir que m'havia de fer una oferta. Va dir al xofer que l'esperés. Li vaig oferir un cafè, un refresc, una copeta de licor, però va dir que no a tot. Va dir que havia de marxar de seguida, que tenia coses a fer. Va treure's de la butxaca un talonari de xecs del banc i una ploma estilogràfica.

—He vingut a compensar les patinades del meu gendre —em va dir.

Vaig quedar-me de pedra. Potser per aquella paraula que havia fet servir, «patinades», com si tot plegat fos una nimietat, una cosa fàcil de resoldre.

—No cal —vaig mirar de negar-me.

—No penso acceptar un no —va continuar ell, i va obrir el talonari—. M'imagino com l'ha fet patir tota aquesta qüestió, i m'agradaria que pogués oblidar-la aviat. Digui'm vostè mateixa quina quantitat li semblaria correcta.

No vaig saber què dir. Ni tan sols entenia què esperava de mi.

—Com diu?

—La quantitat —va repetir—, digui-la vostè, l'hi prego. Jo em limitaré a escriure-la i prou.

Vaig dir una xifra molt exagerada, i ell la va escriure de seguida com si res. Va separar el xec de la resta del talonari i me'l va donar. Després va tapar la ploma, ho va tornar tot a la butxaca i em va mirar amb aquell aire de suficiència, com si acabéssim de tancar un negoci important.

—Ja ha parlat amb el David? —li vaig preguntar.

—És clar. Li he dit que si torna a posar els peus en aquesta casa o a veure la seva filla, jo mateix m'encarregaré de tramitar-li el divorci i, per descomptat, el seu acomiadament de totes les feines que fa al banc. L'he convençut de seguida. M'ha promès que aquesta història s'ha acabat, que no tornarà a molestar-les, ni a vostè ni la seva filla Amaranta —va explicar, molt seriós, com un rei que pronuncia un discurs de coronació.

—Molt bé —vaig aprovar jo.

—Ara vostè també m'hauria de prometre que l'Amaranta es comportarà —va afegir—. No vull que aquesta qüestió afecti la felicitat de la meva filla.

—L'hi prometo.

Després d'una encaixada de mans, es va aixecar, va caminar amb pas decidit fins a la porta i ja se n'anava quan va girar-se i va dir:

—Gràcies per fer les coses fàcils.

—Igualment —vaig respondre.

Va pujar al cotxe i no el vaig veure mai més.

Quan ho va saber, l'Amaranta es va desesperar. Va voler parlar amb ell, i ho va intentar moltes vegades, però el David no li va agafar el telèfon. Fins i tot va anar a esperar-lo a la porta del banc, però ell va passar pel seu davant sense ni tan sols mirar-la.

Aquest cop no va tancar-se a la seva habitació, no va avisar ningú que estava malament. Només va prendre una decisió. I la va dur a terme.

Es va tirar daltabaix del pont del carrer d'Espronceda, just en el moment que passava el tren. Va morir a l'acte.

Em penso que el David per poc no es torna boig quan va saber la notícia.

Uns dies més tard vaig rebre una carta del teu avi on em donava el seu condol més sincer per la meva pèrdua. Em va semblar sincer, quines coses. M'enviava un altre xec, que no vaig voler cobrar. Hi ha coses que els diners no poden compensar. Tant de bo que mai ho hagis de saber, Amaranta.

Va agafar-me la mà, va somriure amb tristesa.

—Ara ja saps tots la veritat —va concloure.

Vaig fer que no amb el cap. Estava tan atabalada que fins i tot em costava ordenar els pensaments. No podia creure que el meu avi hagués fet aquelles coses. La idea del suborn, o el que fos, em repel·lia. D'altra banda, no coneixia de res aquella dona i la manera com havia arribat fins a casa seva era la més al·lucinant del món. I si tot plegat només era una casualitat i ella una persona desequilibrada?

—Segur que era el meu avi qui la va venir a veure? —vaig preguntar.

—És clar que sí. No em creus, oi? És clar, no m'estranya...

—Ni sí ni no. El meu avi no era d'aquesta mena de persones, em sembla. Si més no, l'avi que jo vaig conèixer. És clar que d'aquesta història fa molt temps, la gent pot haver canviat... Però no m'ho puc imaginar, la veritat.

—Espera un moment —va aixecar-se, va obrir un calaix del moble i en va treure un paper doblegat—. Mira, encara conservo la carta.

Vaig desdoblegar el paper. Em tremolaven les mans. Allà hi havia només unes quantes paraules. Algunes estaven subratllades, perquè es veiés que eren importants:

> Em sap molt greu això que ha passat amb l'Amaranta. Li prego que accepti el meu condol més sincer. Una salutació afectuosa.

La nota no portava signatura ni cap mena d'adreça —lògicament—, però vaig reconèixer de seguida la tinta blau marí, les línies gruixudes de la ploma del meu avi i la seva lletra punxeguda i elegant, d'home molt segur d'ell mateix.

David i Diana

NECESSITAVA PARLAR AMB EL MEU PARE. Vaig trucar a l'Artur i li vaig demanar que em passés a buscar. Va apuntar l'adreça sense demanar explicacions, com sempre, i em va dir que arribaria abans d'un quart d'hora.

—Com estàs? —va preguntar-me l'Olga mentre ens esperàvem.

—Tot això és horrible —vaig contestar.

No li vaig dir al pare que hi anava. Sabia molt bé on era —també la mare— i vaig decidir buscar-lo i prou. El pare tenia un dinar de feina amb no sé qui. L'Olga es va oferir a acompanyar-me.

—Val més que no, marmota —vaig dir—. Em sembla que això ho he de fer jo soleta.

Un cop dins el cotxe, vaig demanar al nostre xofer:

—Després de deixar l'Olga, anem al club de tennis, Artur, sisplau.

La vam portar prop del centre i vaig quedar que li trucaria més tard.

—Recorda't del que et va dir el teu avi —va fer, abans de marxar.

—Sí. Que arreglés els seus errors. Em penso que ja entenc què volia dir.

Quan vaig arribar al club de tennis era gairebé l'hora de dinar. La mare encara s'estava entrenant i el pare devia ser a la sala de socis, potser reunit amb els seus convidats o fent l'aperitiu. El vaig trobar tot sol, parlant per telèfon just al davant dels grans finestrals des d'on es veia tota la ciutat.

—Quina sorpresa, Amaranta —em va saludar, tan bon punt va penjar, mentre em feia dos petons a les galtes—. A què dec el gran honor de la teva visita?

—Pare, necessito parlar amb tu.

—I jo també amb tu, noieta! La mare està molt nerviosa amb tot això del testament de l'avi. No pot entendre que ho sabessis i no ens en diguessis res.

—Vaig prometre a l'avi que no ho faria.

—Sí, sí, sí, això ja ho sé. No és pas a mi a qui ho has d'explicar. Em penso que hauríem d'organitzar alguna cosa perquè la mare es calmi una mica. Sopem aquest vespre tots tres i en parlem?

—Les accions i el banc de moment poden esperar, pare. Et vull dir una cosa que és més important.

—Més important que el futur econòmic de la nostra família? —va alçar les celles, incrèdul.

—Sí.

—Doncs tu diràs.

—M'agradaria que em parlessis de la teva nòvia Amaranta.

Va canviar la cara. De sobte es va posar seriós com una esfinx i va abaixar la veu.

—Què has dit?

—L'Amaranta. La teva nòvia. La que es va suïcidar.

—Qui t'ha explicat aquesta història? Com ho saps?

Vaig fer veure que no havia sentit les darreres preguntes.

—Si em dic així és per ella, oi? Tu mai no has llegit *Cent anys de solitud*. «La que mai no es marceix» era ella, i no jo...

El meu pare va abaixar la mirada. Estava nerviós.

—Filla, aquest no és un tema que puguem parlar aquí i

d'aquesta manera. Estic esperant uns amics que vénen a dinar.

—I què?! Tant me fan, els teus amics! Necessito que em contestis ara i aquí, i que em diguis la veritat.

Em penso que vaig cridar una mica, suposo que el volia espantar. El cambrer de la barra ens va mirar, preguntant-se qui era la mal educada que pertorbava la pau d'aquell paradís.

—Sí, d'acord —va fer el meu pare.

—Vas dir-me Amaranta per ella?

—És difícil d'explicar, filla... —va murmurar—. Algun dia, quan siguis més gran, potser podràs entendre que algunes coses de vegades són molt més complicades del que...

—Un moment, un moment! —el vaig interrompre—. Què se suposa que hauria d'entendre? Que estaves enamorat d'ella, que l'estimaves de debò però que llavors vas conèixer la mare i va ser com trobar de cop l'autopista que porta directament cap al cim més alt, exactament cap al lloc on sempre havies volgut arribar? Que després de casar-te amb la molt rica i molt elegant filla del superbanquer continuaves enamorat perdudament de la teva nòvia i que per això vas decidir tornar amb ella, sense comptar a qui trencaves el cor? Que fins i tot ara sents un calfred cada cop que sents que algú pronuncia el seu nom, perquè continua essent l'única persona de qui t'has enamorat en tota la teva vida? Que per això em vas posar Amaranta, perquè mai no la vas oblidar, encara que a l'avi li vas dir que sí perquè mai no hagués de complir la seva amenaça? Tot això és el que esperes que entengui algun dia, pare? O hi ha alguna cosa més?

El meu pare s'havia quedat com petrificat, no podia dir res, només repetia el gest de beure un cop i un altre del got buit, on ballaven alguns glaçons inútils.

Només va dir:

—Collons, filla.

—Deixa que et faci una pregunta només —vaig continuar—, i m'agradaria molt que em diguessis la veritat, sisplau. Em penso que mereixo que siguis sincer amb mi, no creus? Algun cop has estimat la mare?

—És clar que sí! —es va afanyar a contestar—. A la meva manera l'he estimat més que res en el món.

—Ella o els seus diners?

El pare es va posar vermell de tan enfadat com estava. Durant un moment vaig pensar que em clavaria una plantofada. Però justament en aquell moment va veure entrar un dels seus amics i va recuperar la seva fesomia d'esfinx. Va forçar un somriure fals però creïble per saludar el nouvingut:

—Jaume! Tu sempre tan puntual!

Mentre el pare abraçava el seu amic repentinat, em va clavar una darrera mirada. No em va semblar de rancúnia, ni d'ira; era més aviat una súplica. Com si els seus ulls em demanessin: «Comprèn-me, filla, sisplau. Només et demano això».

L'última sorpresa del dia encara havia d'arribar.

Camí de la sortida vaig passar per les pistes de tennis. Just en aquell moment, l'entrenador de la meva mare sortia d'una de les seves classes. Era un home simpàtic, de pell colrada de tant de sol, que sempre portava al cap una gorra blanca i a les mans una raqueta. Es va aturar un moment a saludar-me i em va preguntar com estava. Va informar-me —sense que jo l'hi preguntés— que la mare era al vestidor, per si la volia veure. Va interessar-se per la meva vida, em va dir que la nit de la meva festa estava molt guapa i jo em vaig quedar pensant en quin moment havia arribat. Hi havia tanta gent que no l'havia vist. Li vaig demanar disculpes per no haver-ho fet, vam riure un moment i ens vam acomiadar amb dos petons a les galtes. Tot plegat, una conversa sense importància entre dues persones que de fet no tenen res a veure. Llevat d'un detall: al segon dit de la seva mà esquerra portava un anell que vaig reconèixer a l'instant. D'or, gruixut, amb tres ratlles gravades en diagonal i un brillant petitó al centre. Vaig recordar, amb una esgarrifança al cor, la inscripció que tenia gravada a dins.

Sala de juntes

TEMO QUE UN DELS FINALS D'AQUESTA HISTÒRIA té lloc en un escenari molt avorrit: la sala de juntes de BancaWorld, situada a l'onzè pis de la seu principal, que presideix la nova zona financera de la ciutat.

Són dos quarts de nou del matí. La reunió començarà d'aquí a un quart d'hora. La mare ha arribat la primera, fidel a la seva manera de fer les coses. S'ha assegut i ha començat a estudiar els papers que porta, molt concentrada. Al voltant de la taula hi ha dotze butaques, que ben aviat ocuparan alguns dels personatges més importants de l'empresa. També hi seran presents l'advocat de la mare i l'Hipòlit, que ja és oficialment el meu assessor. No cal que digui que no faig un sol pas sense consultar-l'hi abans.

Jo estic des de fa una bona estona al despatx de l'Hipòlit, preparant tot el que diré. Estic tan nerviosa com un president abans de prendre possessió. Un president amb moltes idees i molt poca experiència, és clar. A dos quarts i cinc de nou respiro fondo i surto. L'Hipòlit m'obre la porta per deixar-me passar. Camino pel passadís fins a l'ascensor. Saludo alguns treballadors, que em miren amb curiositat. L'Hipòlit em pregunta com van els nervis.

—Estic fatal —li dic.

I ell contesta:

—Doncs no se't nota gens. En això també t'assembles al teu avi.

La referència al meu avi em fa sentir més bé. Quan surto de l'ascensor sembla que les meves passes són més fermes que abans. Veig la mare, la saludo amb un parell de petons. Ella fa veure que no està enfadada. A la sala encara no hi ha ningú. Val més que no hi hagi testimonis de cara al que l'Hipòlit li ha de dir.

—Perdoni, senyora Armengol, però ara la seva filla és qui hauria d'ocupar la presidència de la taula durant la reunió, tal com correspon a l'accionista majoritari.

—Deixa-ho, Hipòlit, de debò —faig—. Deixa que la mare es posi allà on vulgui.

—No, no, Amaranta. No seré pas jo qui no faci les coses com s'han de fer —respon la mare, mentre recull els seus papers i ocupa una altra butaca.

Comencen a arribar la resta de membres de la junta directiva. L'Hipòlit prepara els meus papers i em serveix un got d'aigua. Jo repasso mentalment el meu discurs, com si assagés una prova d'interpretació. Els ocupants de les diferents cadires em miren amb aquell aire de superioritat que fa enfadar. Com si miressin un coleòpter. «Un coleòpter fluorescent», penso, recordant de nou l'avi, que és qui m'ha ficat en aquest embolic. Somric. Ara estaria molt content de veure'm aquí, a punt de començar a arreglar els seus errors, com era la seva voluntat.

L'últim a arribar, com sempre, és el pare. S'asseu al seu lloc i fa el gest d'escoltar amb molt interès, amb aquest posat una mica distret que habitualment gasta, com si sempre estigués pensant en una altra cosa.

L'Hipòlit s'escura la gola.

—Senyors, senyores. —Saluda la mare amb una inclinació del cap molt protocol·lària.— Avui tinc el plaer de presentar, per a aquells que encara no la coneguin, l'Amaranta

Casillans Armengol. Ella és la nova accionista majoritària de la nostra entitat, tal com va voler el nostre estimat expresident, el senyor Emili. Com ja deuen saber, la senyoreta Casillans és l'única filla de la nostra directora general i del nostre gerent executiu. Tinc l'honor de concedir-li la paraula.

El cor m'anava a mil per hora quan vaig començar a parlar, i això que havia assajat molt. M'havia ajudat l'Olga, igual que quan vaig preparar-me el discurs de lady Macbeth. De fet, les dues coses no van ser pas tan diferents, igual que les cares llargues de la sala de juntes, que tampoc no van variar gaire de les dels examinadors de la prova de l'Institut del Teatre. Em penso que aquesta vegada també em va sortir prou bé. Llàstima que ningú no em va posar nota.

Vaig parlar de les meves intencions. Els vaig dir que al setembre marxaria cap a Chicago, on tenia previst estudiar economia i rebre una formació adequada al meu càrrec. Mentre duressin els estudis, col·laboraria en petites feines a BancaWorld, per tal de conèixer des de baix com funcionava tot, tal com el meu avi volia que fes. Un cop acabés la carrera prendria possessió d'un càrrec directiu. Per descomptat, vaig puntualitzar, la junta directiva actual continuaria en ple, tot i que trobava molt necessari retallar-los els sous, que eren massa exagerats per als temps que ens tocava viure.

També vaig parlar de les meves «línies d'actuació». És a dir, del meu estil de fer les coses, tot i que aquestes paraules grans me les havia dit l'Hipòlit. El primer que havíem de fer era arreglar el mal que havíem fet a persones innocents. Començant, és clar, pels acampats de les pancartes: el senyor gran, la Melissa i tants altres (n'hi havia centenars, segons vaig saber). N'estudiaríem el cas un per un, els tornaríem els diners i una compensació per les molèsties. D'aquesta manera no només faríem el que havíem de fer sinó que aconseguiríem que la reputació del banc millorés. Seria molt bo per a tots nosaltres. I encara hi havia més. A partir d'ara seguiríem polítiques ecologistes. Salvaríem platges en comptes d'omplir-les d'edificis. Les platges dels ocells i les tortugues en primer lloc, és clar. Em penso que el pare del Pau i el Sergi no devia estar gaire content de saber que el projecte urbanístic que l'havia de fer milionari quedava aturat. La meva mare tampoc, per cert. Tot d'un plegat em mirava amb ràbia, com si no em conegués de res.

—Abans pensava —vaig dir per acabar— que l'economia no m'agradava, que no era per a mi. Era perquè no m'havia aturat a pensar que les coses es poden fer d'una altra manera i que l'economia pot servir per ajudar la gent, per millorar el món en comptes de tornar-lo un lloc horrible. Encara que per aconseguir-ho hàgim de deixar de pensar només en els diners i concentrar-nos en les coses que de debò són importants, les coses que no voldríem perdre per res del món, les imprescindibles de debò.

Després de dir aquestes paraules vaig mirar els ulls del meu pare. Em penso que tots dos sabíem en qui estàvem pensant.

Per sempre

HI VA HAVER UN SOMNI MÉS. Només un. I va ser molt diferent.

Amaranta. Els seus cabells arrissats, una mica despentinats. Els seus ulls ja no em feien por. Les seves paraules, tampoc.

Vam parlar molta estona, tot i que no recordo què vam dir-nos. Només sé que va ser una bona experiència, de les que en despertar deixen un bon record.

Abans de separar-nos, ella va somriure una mica, d'aquella manera silenciosa que abans m'espantava, i va dir:

—Gràcies per ser prou valenta per buscar la veritat. Ara ja podré marxar per sempre al lloc d'on no es torna mai.

Encara que no ho sembli, aquest va ser un final feliç.

IV

REVOLUCIÓ

Mara

ESCRIVINT...

Escolta, marmota,
he pres una decisió
De les importants

Ui, ja tremolo!
Dispara

Em vull comprar un Fiat
d'aquells petitons que
s'aparquen a qualsevol lloc,
i de color rosa

I del Chevrolet,
què en faràs?

No ho sé
No és el meu estil
Ja l'aprofitarà algú

I el carnet?

Demà començo a l'autoescola
Espero tenir-lo abans
de marxar a Chicago

Ara vols anar a Chicago?

Per descomptat!
Ara més que mai

I el teatre?
Ja no t'interessa?

I tant que sí!
Però a la vida

de vegades convé triar.
He après que puc
ser més útil al banc,
tot i que primer
necessito aprendre
algunes coses.
Després ja podré
començar la meva revolució.

Revolució?
Quina mena de revolució?

Vull ajudar la gent.
Vull fer coses útils
que serveixin a tothom.
Un banc pot fer molt pels altres
No vull que m'odiïn
per robar els diners de ningú
No necessito tants diners
No els vull
Les coses han de ser
diferents. Millors
Qui ho farà més bé que nosaltres?
Ara sé que just això és
el que el meu avi esperava de mi

Caram. Sona molt bé!
De debò
Però m'estic adormint
Podem continuar demà?

No canviaràs mai!
M'encantes!
Descansa, marmota.

Tutmmmçe, csrñt($

Isma

ESCRIVINT...

Dorms?

No.
Estava parlant amb l'Olga

Encara li caic malament?

No ho sé. No em diu res
És orgullosa. I una presumida
Carregada de manies
Però té bon cor
Ja ho descobriràs
Dóna-li temps

És clar
Com estàs?

Feta pols
Però feliç

Com t'ha anat al banc?

Tot ha sigut molt estrany
La mare em vol matar
Tinc unes ganes de marxar
a Chicago que mai m'hauria
imaginat. Em penso que
una mica de distància
ens anirà bé a tots

No sé pas
què faré sense tu
tant de temps

Tot un curs!

No penses venir a veure'm?

Tant de bo pogués
Però ja saps
Els Estats Units són lluny
El viatge és caríssim

Llavors vine amb mi

Hahahahaha
Això seria genial
Un somni
Els Estats Units i tu!

Ho dic de debò
Vine amb mi

Saps que no pot ser

Per què no?
Què t'ho impedeix?

No m'ho puc pagar

Jo tinc un apartament

Sí, d'acord
I el viatge què?

BancaWorld pot fer-te
un préstec a baix interès

Mara, no pot ser
Accepta-ho
No puc deixar que m'ho paguis

D'acord
Llavors busca't una feina
No dius que és la terra
de les oportunitats?
Busca la teva. Segur que
trobes alguna cosa i aprens
un munt de coses noves

Hi ha bons restaurants
Deuen necessitar cuiners
joves que sàpiguen fer coses
estranyes com cuscús,
pastissets de mel i festucs
i coses així, no creus?

Mara, parles de debò?

Un altre cop?
Però... tu no llegeixes
els meus missatges o què?

Em deixaries els diners
del bitllet d'avió?

Ui, parles de diners tota l'estona
Començaré a pensar
que t'importen massa...
Doncs és clar que te'ls deixo,
babau!

Escolta.

Què?

Vull anar amb tu

De debò?

A la fi del món

☺ ☺ ☺ ☺ ☺ ☺ ☺ ☺ ☺ ☺ ☺ ☺ ☺
☺ ☺ ☺ ☺ ☺ ☺ ☺ ☺ ☺ ☺ ☺ ☺ ☺
☺ ☺ ☺ ☺ ☺ ☺ ☺ ☺ ☺ ☺ ☺ ☺ ☺
☺ ☺ ☺ ☺ ☺ ☺ ☺ ☺ ☺ ☺ ☺ ☺ ☺
☺ ☺ ☺ ☺ ☺ ☺ ☺ ☺ ☺ ☺ ☺ ☺ ☺
☺ ☺ ☺ ☺ ☺ ☺ ☺ ☺ ☺ ☺ ☺ ☺ ☺
☺ ☺ ☺ ☺ ☺ ☺ ☺ ☺ ☺ ☺ ☺ ☺ ☺
☺ ☺ ☺ ☺ ☺ ☺ ☺ ☺ ☺ ☺ ☺ ☺ ☺
☺ ☺ ☺ ☺ ☺ ☺ ☺ ☺ ☺ ☺ ☺ ☺ ☺
☺ ☺ ☺ ☺ ☺ ☺ ☺ ☺ ☺ ☺ ☺ ☺ ☺

☺☺☺☺☺☺☺☺☺☺☺☺☺
☺☺☺☺☺☺☺☺☺☺☺☺☺
Isma, sóc feliç
Gràcies

Gràcies?
Ets l'única persona que conec
que dóna les gràcies
per ser fantàstica

Isma

Què?

Els meus pares tindran un atac

L'autèntic ric és aquell
que pot ajudar els altres.

THOMAS BROWNE

Nota de l'autora

O LLISTA DE LES 5 COSES FANTÀSTIQUES QUE VAN FER POSSIBLE AQUEST LLIBRE

Les històries que en més d'una ocasió m'expliqueu vosaltres, els lectors, sempre són un tresor que sovint em serveix per fer néixer una novel·la nova. Aquí en teniu un cas. La història del fantasma de l'Amaranta és real. I la vull agrair a la seva propietària, que me la va explicar.

El silenci ple de gats en el qual m'agrada treballar, i a tots aquells que m'envolten i s'esforcen —de vegades molt— a conservar-lo cada dia, només perquè jo pugui continuar escrivint.

El suport de la Sandra Bruna, que després de gairebé vint anys considero més la meva amiga que la meva agent.

La Patrizia Campana, perquè ja hem corregut algunes curses juntes. I aquesta n'és una més.

I si has arribat fins aquí, lector o lectora, tu ets el cinquè. És el darrer punt, però també el més important. Si busques en la ficció una altra forma de felicitat, ets una persona especial. Tant de bo aquestes pàgines te n'hagin aportat molta i tant de bo no en tinguis prou.

PROVA DE COMPRA
FANBOOKS
AMARANTA